# Zeilengeflüster
## Geschichten von Liebe und Fantasie

SANNAH HINRICHS

# Zeilen Geflüster

### Geschichten
von Liebe und Fantasie

# Impressum

Copyright © 2025 Sannah Hinrichs
Coverdesign/Illustration:S. Hinrichs

Verlag: BoD • Books on Demand GmbH, Überseering 33,
22297 Hamburg, bod@bod.de
Druck: Libri Plureos GmbH, Friedensallee 273, 22763 Hamburg

ISBN Taschenbuch: 978-3-7504-3214-7

Bibliografische Information der Deutschen Nationalbibliothek:
Die Deutsche Nationalbibliothek verzeichnet diese Publikation
in der Deutschen Nationalbibliografie;
detaillierte bibliografische Daten sind im Internet über
http://dnb.dnb.de abrufbar.

# Inhalt

# Liebe

# Schneeküsse
# in New York

Der Regen klatschte gegen die Scheiben des Flugzeuges, als ich meinen Sitzplatz am Fenster einnahm und den Gurt anlegte. Der Himmel war mit grauen Wolken verhangen, nur ab und zu blitzte wie zufällig ein Strahl der untergehenden Sonne hindurch. Laut den Meteorologen sollte das Tief schon längst vorbeigezogen sein. Jedoch hatte es den Anschein, dass dieser Winter auch nicht viel besser wurde als der Letzte.

Ich seufzte. Das miese Wetter passte einfach zu gut zu meiner Stimmung. In den vergangenen zwei Monaten war ich wie in einem Albtraum gefangen gewesen.

Jonas, der verdammte Mistkerl. Ich hatte ihn in flagranti mit der attraktiven, schwarzhaarigen Kellnerin von nebenan erwischt.

In unserem Bett!

Sogar jetzt, nach einigen Wochen, schossen mir unwillkürlich die Tränen in die Augen, wenn ich an diese Szene dachte. Wut, abgrundtiefe Verzweiflung, das Gefühl der Demütigung und eine enorme innere Leere waren seitdem meine ständigen Begleiter. Drei Jahre waren wir ein Paar. Wir hatten Zukunftspläne geschmiedet, träumten von Hochzeit und Kindern. Ja, ich war mir sicher, den Traummann gefunden zu haben.

Und mit einem Schlag, alles in einem einzigen Augenblick vorbei. Ausgeträumt.

Ich schaute zur Seite. Meine beste Freundin Clara, was hätte ich ohne sie angefangen? Zu ihr flüchtete ich in jener entsetzlichen Nacht. Hals über Kopf und in Tränen aufgelöst hatte ich vor ihrer Tür gestanden. Schluchzend und stammelnd hatte ich auf dem roten Sofa gekauert und stockend von der Entdeckung erzählt, ab und an von heftigen Weinkrämpfen geschüttelt.

Sie nahm mich wortlos in den Arm und versuchte zu trösten, was ihr selbstverständlich kaum gelang. Und doch fühlte ich mich bei ihr seltsam geborgen und verstanden.

Clara war es, die mir in den vergangenen Wochen den nötigen Halt gab, um überhaupt weiterleben zu können. Ich zog vorübergehend bei ihr ein und sie hörte mir geduldig zu, wenn ich wieder und wieder über das Geschehen sprechen musste, die Enttäuschung, die innere

Zerrissenheit. Ich hatte den Mann geliebt. Liebte ihn womöglich immer noch.

Clara war es, die mir später den Kopf wusch und energisch zu mir sagte, dass das Leben für mich auch ohne ihn weiterginge. Es wäre an der Zeit, nach vorne zu schauen, diesen Fremdgeher aus dem Gedächtnis zu streichen und die Freiheit zu genießen.

Als wenn das so mühelos ginge!

Doch irgendwie hatte sie ja recht. Ich hatte mich total zurückgezogen und bedauert. Es war aus und vorbei. Punkt!

Im Grunde genommen gefiel mir der Gedanke, tun und lassen zu können, was ich wollte, ohne Rücksicht zu nehmen. Ich war endlich bereit, das Kapitel Jonas abzuschließen und mein neues Leben zu beginnen. Ich konnte froh sein, dass ich diesen Kerl nicht geheiratet hatte.

Auf jeden Fall war es Claras Idee gewesen mit dem gemeinsamen Urlaub. Sie meinte, ich bräuchte unbedingt etwas Abwechslung und wir träumten seit der Schulzeit von einem Kurztrip nach New York. Heiligabend hatte sie mich mit den Tickets überrascht, alles organisiert und gebucht.

»Ausreden zwecklos«, betonte sie grinsend.

Ich heulte fast vor Freude und umarmte sie herzlich. Vergangenheit ade, auf in die Zukunft. Der New York-Trip mit ihr sollte der Startschuss sein.

Unvermittelt fühlte ich Claras Ellenbogen in meinen Rippen und wurde schmerzlich aus den Tagträumen gerissen.

»Schau mal, ist das nicht der arrogante Kerl, der dich vorhin im Coffee-Shop angerempelt hat?«, flüsterte sie und schnaufte verächtlich. »Schüttet dir fast den Kaffee über den Pullover und entschuldigt sich noch nicht einmal vernünftig.«

Interessiert reckte ich mich etwas nach vorne im Sitz und schaute zum Gang hinüber. In der Tat, da stand er, mit dem Rücken zu mir, und hantierte an der Gepäckaufbewahrung herum. Immer wieder versuchte er, die Klappe zu schließen, doch irgendwie wollte es ihm nicht gelingen. Ich bemerkte, dass einige der in der Nähe sitzenden Passagiere genervt mit den Augen rollten, andere lächelten amüsiert. Selbst Clara neben mir grinste schadenfroh. Für die Zuschauer war die Situation ganz unterhaltsam, trotzdem tat mir der Mann leid.

Zum Glück kam ihm die freundliche Stewardess zu Hilfe und ruck zuck schloss sie die Gepäckklappe. Er dankte ihr erleichtert und setzte sich unauffällig auf den äußeren Platz der mittleren Dreier-Reihe, direkt am Gang.

Clara stöhnte ungehalten auf. »Muss das sein? Ich habe keine Lust darauf, dass der Kerl mir noch zufällig einen Tomatensaft über die Hose kippt«, raunte sie mir zu, schlug die Illustrierte auf und blätterte genervt darin herum.

Ich grinste und tätschelte ihre Hand. »Ach Clara, reg dich nicht auf. Mach dir lieber Gedanken darüber, was wir uns alles anschauen wollen.« Ich kramte den Reiseführer hervor und wedelte ihr damit vorm Gesicht hin und her.

»Lass das«, erwiderte sie empört, doch ihr Lächeln zeigte mir, dass sie sich längst beruhigt hatte. »Du hast recht, wie immer«, seufzte sie, klemmte die Zeitschrift ins Netz vom Vordersitz und faltete das Papier auseinander. »Also, worauf hast du am meisten Lust?«

»Das Empire State Building«, platzte es aus mir heraus.

Clara lachte herzhaft. »Das war ja so klar«, kicherte sie. »Ich sage nur: Schlaflos in Seattle.«

Ich lehnte mich im Sitz zurück und schloss genießerisch die Augen. »Ich liebe diesen Film.«

»Du bist eine hoffnungslose Romantikerin. Am liebsten würdest du doch deinen Traumprinzen auf genau dieser Plattform treffen.«

»Wieso nicht? Träumen darf man ja wohl noch«, entgegnete ich überzeugt.

»Dir ist ja nicht zu helfen«, schnaufte Clara und stopfte den Stadtführer ins Netz zur Illustrierten. »Das Empire steht allerdings auch auf meiner Wunschliste. Das werden die verrücktesten Tage unseres Lebens.«

»Darauf kannst du wetten«, erwiderte ich, während das Flugzeug langsam zur Startbahn rollte.

\* \* \*

C lara trank einen kräftigen Schluck von ihrem Sekt. »Prost Betty«, tönte sie.

Ich grinste und nippte an meinem Becher. Die letzte halbe Stunde hatten wir einen detaillierten Plan für die Besichtigungstour in New York ausgearbeitet.

Ich stöhnte innerlich und hatte Zweifel, ob das Programm in drei Tagen zu schaffen war. Wie ich Clara kannte, würde sie mit mir von einer Sehenswürdigkeit zur anderen jagen. Doch ich war insgeheim froh, dass zumindest eine von uns den Überblick behalten würde. Sie hatte einen beeindruckenden Orientierungssinn.

»Welches Menü darf ich Ihnen servieren?« Die freundliche Stimme der Stewardess riss mich aus den Gedanken. »Ich nehme den Hackbraten«, tönte Clara, »und du?«

»Für mich bitte die geröstete Hähnchenbrust.«

Die Stewardess durchsuchte den Essenswagen und schüttelte bedauernd den Kopf. »Ich kann Ihnen leider nur noch den Hackbraten oder die überbackenen Rigatoni anbieten.«

»Wenn es Ihnen nichts ausmacht, würde ich Ihnen gerne meine Hähnchenbrust überlassen. Das Gericht ist noch verschlossen«, erklang eine charmante Männerstimme von nebenan.

Ich beugte mich vor und sah voller Neugier zur mittleren Sitzreihe hinüber. Ein Paar strahlend eisblaue Augen blitzten mir unter einer dunkelbraunen Lockenpracht entgegen. Lächelnd überreichte er der Stewardess seinen unberührten Speiseteller.

»Ein echter Gentleman«, schmeichelte sie und schaute mich fragend an. »Nehmen Sie das Angebot von dem Herrn an?«

Erneut meldete sich der Mann zu Wort. »Bitte, nehmen Sie das Menü. Sehen Sie es als bescheidene Wiedergutmachung für das Missgeschick im Coffee-Shop an.«

Ich starrte weiterhin fasziniert in das Augenpaar. Es hielt mich gefangen, ich bekam keinen Ton heraus und nickte nur noch zustimmend.

»Schön, dann ist das geklärt«, sagte die Stewardess erleichtert und stellte das eingepackte Gericht mit der Hähnchenbrust auf mein Tablett. »Was kann ich denn dem äußerst liebenswerten Herrn zur Entschädigung anbieten, einen Whisky eventuell?«, flötete sie.

»Das ist lieb von Ihnen, aber wenn es Ihnen nichts ausmacht, hätte ich gerne nach dem Essen einen Tomatensaft.«

Ich prustete los, und hätte mit den Knien fast das Menü vom Tablett hinuntergerissen, als ich in das entsetzte Gesicht von Clara sah. Die Stewardess schaute missbilligend in unsere Richtung und widmete sich anschließend erneut ihrem Servierwagen. Meine Freundin starrte entgeistert vor sich hin.

»Hab ich es nicht gesagt? Der Kerl hat es wohl darauf abgesehen, mir die Reise zu vermiesen«, flüsterte sie ungehalten. »Macht es dir was aus, wenn wir nach dem Essen die Plätze tauschen?«

Ich musste mich beherrschen, damit ich nicht erneut lauthals auflachte. Clara und ihre düsteren Prophezeiungen. Aus den Augenwinkeln heraus beobachtete ich währenddessen den Mann auf der anderen Seite des Ganges. Er schien zwar ein bisschen ungeschickt zu sein, andererseits auch sehr freundlich.

Als er in meine Richtung schaute, erwiderte ich das angenehme Lächeln und nickte ihm verstohlen zu.

Diese Augen hatten etwas Magnetisches. Nach einer gefühlten Ewigkeit löste er den Blickkontakt und wandte sich dem Essen zu.

Clara erhob erneut den Sektbecher und prostete mir zu. »Auf New York.«

»Auf eine aufregende Zeit«, erwiderte ich lächelnd.

Erleichtert hievte Clara den knallroten Trolley vom Laufband. »Das ist meiner.«

Ich half ihr, den schweren Koffer auf den Gepäckwagen zu deponieren. Nur noch wenige Reisende standen wartend um das Fließband. Nach und nach griffen sie die passenden Gepäckstücke und verließen flink die Halle.

Verzweifelt starrte ich auf die Öffnung, durch welche das Gepäck in den Raum kam. Eine dunkelgrüne Sporttasche erschien, der junge Mann neben mir schnappte sie sich und schritt zügig zum Ausgang.

Das durfte doch nicht wahr sein! Wo war mein Trolley?

Wie ein Raubtier schlich ich am Band entlang und wartete. Ein einsames dunkles Gepäckstück fuhr jetzt bereits zum zweiten Mal im Kreis umher. Unsicher schaute ich Clara an, sie zuckte nur ratlos mit den Schultern.

Ich seufzte und schnappte mir das Ding vom Gepäcklaufband. Das war eindeutig nicht meiner, denn ich hatte extra einen großflächigen rosafarbenen Aufkleber an der Seite befestigt, damit ich ihn sofort erkennen konnte. Ich drehte den Adress-Anhänger herum und las: Alexander Schwarz, Berlin. Wir warteten noch fünf Minuten, aber kein zusätzlicher Koffer erschien.

»Was mache ich denn jetzt?«, stieß ich hervor und schluckte krampfhaft die einschießenden Tränen hinunter.

»Komm, wir nehmen den Falschen hier und gehen zur Info.« Energisch packte Clara den Trolley auf den Gepäckwagen und schob mit ihm zum Ausgang.

Nach einigem Suchen sahen wir von Weitem das Schild eines Informationsstandes leuchten. Zügig eilten wir darauf zu. Als wir uns näherten, erkannten wir in der Schlange vor der Auskunft den Mann aus dem Flugzeug. Neben ihm stand ein dunkles Gepäckstück mit einem großflächigen rosa Aufkleber an der Seite.

»Da ist mein Trolley«, rief ich erleichtert und rannte den Gang entlang. Der Kerl in der Warteschlange drehte sich um, er hatte vermutlich meinen Ausruf gehört.

»Elisabeth Kramer?«, fragte er und lächelte mir entgegen.

»Ja, allerdings«, schnaufte ich wütend. »Und Sie sind dann wohl Alexander Schwarz, nehme ich an.« Ich schaute aufgebracht in die herrlich blauen Augen und augenblicklich löste sich die Wut in Nichts auf.

»Ich muss mich bei Ihnen entschuldigen, schon wieder«, sagte er mit einem entwaffnenden Lächeln, wobei sich winzige Lachfältchen an den Augenrändern bildeten.

Wie hinreißend er damit aussah! Meine Hand verschwand regelrecht in seiner, als er sie umfasste.

»Wie kann ich mich revanchieren?«

Clara war währenddessen mit dem Gepäckwagen an der Information angekommen. Sie schnaufte ärgerlich, blitzte ihn mit zusammengekniffenen Augen an und schnappte sich meinen Koffer.

Herr Schwarz reagierte blitzschnell, griff sein Gepäck vom Wagen und schwang meines galant hinauf. Clara quiekte verächtlich.

»Das ist ja wohl das mindeste, was Sie tun konnten. Danke, aber wir kommen jetzt allein zurecht«, tönte sie und zog mich zur Seite.

»Ich habe das Gefühl, dieser Mann verfolgt uns und wo er auftaucht, passiert jedes Mal etwas«, flüsterte sie aufgebracht.

»Ach Clara, das kann doch vorkommen, dass man das Gepäckstück verwechselt«, nahm ich ihn in Schutz und wunderte mich selbst darüber. Vor ein paar Minuten war ich noch den Tränen nah – und jetzt? Der Mann hatte so eine einnehmende Ausstrahlung, dass ich ihm alles verzieh. Ich drehte mich herum und lächelte ihn an.

Er erwiderte es und rief mir nach: »Vielleicht sehen wir uns ja wieder, ich würde mich freuen.«

»Bloß nicht«, stöhnte Clara neben mir. Ich grinste Herrn Schwarz entschuldigend an und eilte hinter meiner Freundin her, dem Ausgang entgegen.

* * *

Clara zeigte quer durch den Saal, als wir den Frühstücksraum des Hotels betraten. »Schau mal, da drüben ist noch ein Tisch am Fenster frei«, flüsterte sie mir zu. »Setz dich schon mal da hin, ich besorg uns zwei Becher Kaffee.«

»Okay, meinen bitte mit Milch«, antwortete ich und eilte auf den letzten freien Fensterplatz zu.

Wow, was für eine Aussicht. Das Hotel lag direkt am Times Square in Manhattan. Fasziniert betrachtete ich das Gewimmel auf der Straße und die prächtigen Leuchtreklamen.

»Guten Morgen Frau Kramer, darf ich mich zu Ihnen setzen?«, ertönte eine mir wohlbekannte Stimme.

Überrascht schaute ich auf und sah erneut in ein paar eisblaue Augen unter einer braunen Lockenmähne.

»Herr Schwarz«, entgegnete ich amüsiert, »ich glaube, Clara hat recht. Sie scheinen uns zu verfolgen.«

»Den Anschein habe ich allerdings auch«, lachte er. »Ich freue mich, Sie nochmals wiederzusehen. Was für ein Zufall – oder ist es Schicksal, dass wir dasselbe Hotel gebucht haben?«

Ich zeigte auf den Stuhl mir gegenüber. »Wollen Sie sich nicht zu uns setzen? Von hier hat man einen phantastischen Ausblick«, forderte ich ihn höflich auf.

Herr Schwarz zögerte merklich. »Ich würde sehr gerne mit Ihnen zusammen frühstücken, doch Ihre Begleitung hat mit Sicherheit etwas dagegen. Ich glaube, sie mag mich nicht.«

Ich schnaufte ungehalten. »Ach, Clara, die meint es nicht so. Sie ist manchmal zu forsch und frech, aber die liebste Freundin, die man sich denken kann. Wir kennen uns seit der Schulzeit und in den letzten Wochen war sie eine große Stütze für mich.«

Herr Schwarz setzte sich ans Fenster und ich plauderte drauf los wie ein Wasserfall. Ich konnte es mir nicht erklären, warum ich einem fast wildfremden Mann von meiner gescheiterten Beziehung erzählte, aber ich fühlte mich seltsam wohl in seiner Gegenwart.

Ich entspannte innerhalb kürzester Zeit und war erstaunt, dass ich bei den Schilderungen nicht sentimental wurde. Allem Anschein nach hatte ich die Trennung bereits halbwegs verarbeitet. Als Clara mit den Kaffeebechern kam, stutzte sie zwar und rümpfte leicht die Nase, doch hielt sie erstaunlicherweise den Mund, schlürfte wortlos den Kaffee und lauschte dem Gespräch.

»Also, wenn Sie möchten, stelle ich mich gerne als Reiseführer zur Verfügung«, schlug Herr Schwarz vor.

»Wollen wir uns nicht duzen?«, unterbrach ich ihn und verfing mich erneut in dem strahlenden Augenpaar.

»Liebend gern«, erwiderte er freundlich.

»Okay«, murmelte Clara. »Doch was die Stadtführung angeht, muss ich dir leider absagen. Ich möchte diesen Urlaub mit meiner besten Freundin alleine genießen, wir haben schon so lange davon geträumt.«

Alexander lächelte zustimmend. »Das kann ich verstehen. Also meine Damen, dann wünsche ich euch einen tollen Aufenthalt hier in New York. Vielleicht treffen wir uns ein weiteres Mal beim Frühstück oder in der Bar.« Mit diesen Worten erhob er sich vom Stuhl, zwinkerte mir zu und ging leichtfüßig davon.

Enttäuscht sah ich ihm hinterher. Zu gerne hätte ich mir von ihm die Stadt zeigen lassen. Seine Anwesenheit wirkte beruhigend auf mich, ich war so locker und entspannt wie seit langem nicht mehr.

Doch Clara hatte mich zu dem phantastischen Kurzurlaub eingeladen und ich wollte sie auf keinen Fall enttäuschen. Das war ich ihr schuldig nach den letzten Wochen. Außerdem würde ich den Mann nach dem Urlaub nicht wiedersehen.

»Clara, was hast du denn für heute geplant?«, fragte ich interessiert.

»Die Freiheitsstatue, Ground Zero und die Wall Street«, platzte es aus ihr heraus.

»Alles klar, dann mal los und warm einpacken«, stupste ich sie an und wir eilten schwatzend zum Fahrstuhl.

I

ch saß an unserem Frühstückstisch am Fenster und studierte verzweifelt den New York-Stadtführer.

Wie sollte ich mich bloß ohne Clara zurechtfinden? Ich hatte überhaupt keinen Orientierungssinn und die vergangenen zwei Tage hatte sich meine Freundin als perfekte Reiseführerin entpuppt und uns zielsicher von einer Sehenswürdigkeit zur nächsten manövriert. Mit ihr an der Seite brauchte ich mich nicht mit dem schwierigen U-Bahn-System auseinandersetzen.

Doch Clara hatte sich eine heftige Erkältung eingefangen, kein Wunder, bei der Eiseskälte. Sie lag mit Fieber heulend im Hotelbett.

Ich wollte bei ihr bleiben, allerdings bestand sie darauf, dass wenigstens ich den letzten Tag in New York genießen sollte, und scheuchte mich energisch aus dem Zimmer.

Ausgerechnet das Empire State Building und das Rockefeller-Center hatten wir uns als Highlights zum krönenden Abschluss der Besichtigungstour aufgehoben. Ich seufzte frustriert, starrte auf die Karte mit dem U-Bahn-System und häufte nebenbei Rührei auf die Gabel.

»Guten Morgen Elisabeth«, ertönte Alexanders Stimme unmittelbar hinter mir. Ich zuckte zusammen und das Rührei flutschte von der Gabel.

»Alexander, hast du mich erschreckt. Schleichst dich einfach so heran«, konterte ich, während er um den Tisch herum ging, Becher und Teller abstellte und souverän auf dem Stuhl am Fenster mir direkt gegenüber Platz nahm.

»Wo ist denn Clara?«, hakte er nach und sah sich suchend im Frühstücksraum um.

»Sie hat eine schlimme Erkältung und hustet fürchterlich«, erklärte ich missmutig, schob stöhnend die Karten beiseite und widmete mich erneut dem Rührei.

»Ach, das tut mir leid«, antwortete er betroffen und nippte an dem dampfenden Kaffeebecher. »Dann wirst du heute alleine die Stadt unsicher machen?«

Ich hob den Kopf und musterte ihn nachdenklich. Mir spukte eine Idee durchs Gehirn, aber ich traute mich nicht, sie auszusprechen. Zu deutlich hatte ihm Clara jedes Mal in den vergangenen Tagen, wenn wir uns zufällig im Hotel begegneten, zu verstehen gegeben, dass seine Anwesenheit nicht erwünscht war.

»Ja, das werde ich wohl müssen, leider«, erwiderte ich unglücklich.

»Also, wenn du möchtest, kann ich gerne für Clara einspringen, ausnahmsweise.«

Ich jubelte innerlich vor Erleichterung. »Ach, das wäre super. Ich bin mit den Stadt- und U-Bahn-Plänen hoffnungslos überfordert und du sagtest ja, dass du dich gut auskennst.«

Er lächelte charmant. Ich hatte das Gefühl, dass er sich über meine Zusage wahrhaftig freute. Überrascht stellte ich fest, dass es mir ebenso ging – und nicht nur wegen seiner hervorragenden Ortskenntnisse.

Der Mann hatte eine umwerfende Ausstrahlung, war höflich und zuvorkommend. Eigentlich schade, dass ich ihn hier im Kurzurlaub kennengelernt hatte und nicht irgendwo zu Hause in einer Bar.

»Ich bin beruflich ab und zu in New York«, erklärte er achselzuckend. »Was steht denn heute auf dem Programm, Elisabeth?«

»Nenn mich bitte Betty, Elisabeth werde ich nur genannt, wenn ...«

Er unterbrach mich schmunzelnd. »Betty klingt wunderschön«, grinste er frech.

Die nächste halbe Stunde unterhielten wir uns angeregt über den bevorstehenden gemeinsamen Tag, während wir frühstückten. Meine trübe Stimmung von vorhin war wie weggefegt. Ich freute mich regelrecht, mit diesem attraktiven Mann New York unsicher zu machen.

Zwar hatte ich ein schlechtes Gewissen wegen Clara, die krank im Hotelbett lag, doch daran konnte ich im Moment auch nichts ändern. Ich wollte den Tag genießen.

»In dreißig Minuten in der Lobby«, flüsterte er mir später im Fahrstuhl zu.

Ein angenehmer Schauer rieselte mir bei dieser rauchigen Stimme meinen Rücken hinunter.

War das jetzt ein Date?

Beschwingt stieg ich aus dem Fahrstuhl und lächelte ihm zu, während sich die Fahrstuhltüren langsam schlossen.

Staunend stand ich am Rand der Eislaufbahn vor dem Rockefeller Center und betrachtete fasziniert den riesigen Weihnachtsbaum. Tausend strahlende Lichter leuchteten in bunten Farben und auch die Umgebung der Schlittschuhbahn glänzte im weihnachtlich schönen Lichtermeer.

Hier ein paar Runden auf dem Eis zu drehen, das war etwas ganz Besonderes und Exklusives.

Ein romantischeres Schlittschuhlaufen gab es wohl nirgendwo anders auf der Welt.

Ich seufzte zufrieden. Das war ein krönender Abschluss eines fantastischen Tages. Alexander hatte sich als wunderbarer Begleiter entpuppt und ich war insgeheim froh, dass ich durch Claras Erkrankung in den Genuss seiner Gesellschaft gekommen war. Ich war so glücklich und ausgelassen wie seit Wochen nicht mehr und Alexanders Nähe ließ mein Herz schneller schlagen.

Auf der Hauptaussichtsplattform in der 86. Etage des Empire State Buildings hatte er sich hinter mich gestellt und mir beim Rundumblick auf New York Erklärungen zu den Sehenswürdigkeiten ins Ohr geflüstert.

Der Ausblick war atemberaubend: Central Park, Hudson River, East River, Brooklyn Bridge, Freiheitsstatue, Times Square und vieles mehr.

Trotz der wunderbaren Aussicht konnte ich mich kaum konzentrieren. Die geraunten Worte dicht am Ohr erzeugten ein Kribbeln, das ich noch nicht einmal bei meinem Ex empfunden hatte.

Am Nachmittag erreichten wir das Rocke-feller Center. Auch hier erwies er sich als hervorragender Reiseführer. Souverän führte er mich herum und zum Schluss besuchten wir das Top of the Rock Observation Deck. Wieder hatten wir einen fantastischen Ausblick über die Stadt, während die Sonne langsam unter-ging.

»Wollen wir noch eine Runde zusammen laufen?«

Alexander hatte neben mir gestoppt und streckte mir auffordernd seine behandschuhte Hand entgegen.

»Aber nur noch eine Runde, sonst breche ich vor Hunger zusammen«, lachte ich.

Er sah einfach toll aus. Die braunen Locken wippten frech unter der Pudelmütze hervor, die Wangen waren vor Kälte leicht gerötet. Ich nickte fröhlich und stieß mich vom Rand ab. Mein ganz persönliches Winter-Romantik-Märchen, diesen Augenblick wollte ich für immer im Herzen behalten.

Clara jammerte mir entgegen, während ich die Tür zu unserem gemeinsamen Hotelzimmer aufstieß. »Ich dachte schon, du kommst gar nicht mehr zurück.«

Sie saß im Bett, ein dickes Kissen im Rücken und die Decke bis über die Brust hochgezogen. Sie nieste heftig, schnäuzte sich laut die Nase und warf das benutzte Taschentuch achtlos neben das Hotelbett zu den anderen, die dort lagen.

Sofort regte sich mein schlechtes Gewissen. Die letzten Stunden hatte ich keine Sekunde an meine Freundin gedacht. Im Gegenteil, ich war so glücklich und ausgelassen, dass ich sie noch nicht einmal vermisst hatte.

Rasch zog ich Stiefel und Jacke aus, eilte zu ihr und setzte mich besorgt auf die Bettkante.

»Du Arme, geht es dir denn besser?«, fragte ich und tätschelte Claras Arm.

»Wie war dein Tag mit Alexander? Hast du alles gesehen, was du wolltest?«, schniefte sie zurück. Neugierig betrachtete sie mein Gesicht und ich wich verlegen ihrem durchdringenden Blick aus.

»Was ist los mit dir? Den verschämten Gesichtsausdruck kenne ich. Schau mich an, Elisabeth Kramer, und sag mir, dass du dich nicht Hals über Kopf in diesen Tollpatsch verliebt hast.«

Sie streckte die Hand aus und schob mein Kinn aufwärts, sodass sie mir direkt in die Augen sah. »Ach du meine Güte, ich habe tatsächlich recht«, stieß sie überrascht hervor und saß plötzlich kerzengerade im Bett. »Das darf doch nicht wahr sein. Da bin ich einen Tag krank und du machst nur Unsinn. Was hast du dir dabei gedacht? Wir fliegen morgen ab und du siehst den Kerl nie wieder. Diese Reise sollte dich auf andere Gedanken bringen und du stürzt dich Hals über Kopf in ein aussichtsloses Liebesabenteuer«, stöhnte sie aufgebracht.

Ich lächelte sie nur an. »Clara, das war seit langem der schönste Tag, den ich mit einem Mann verbracht habe. Alexander ist humorvoll, witzig und sehr zuvorkommend.

Seine Nähe tut mir gut, auch wenn ich weiß, dass er morgen früh abfliegt. Außerdem muss man sich ja nicht gleich verlieben, nur weil man mit einem Mann ausgeht.«

Clara öffnete den Mund, um etwas zu erwidern, doch ich redete einfach weiter.

»Ob es dir passt oder nicht, er hat mich zum Abschied für heute Abend in die Bar eingeladen, und ich werde selbstverständlich hingehen«, sagte ich schnippisch und verschwand im Badezimmer.

Zögernd betrat ich die Hotelbar und schaute mich suchend um. Als ich Alexander am Tresen der Bar entdeckte, winkte er mir lässig zu, ließ sich vom Barhocker gleiten und kam mir lächelnd entgegen.

Er sah umwerfend aus, dunkle Jeanshose, helles Hemd und eine dunkelblaue Weste. Die braunen Locken hatte er im Nacken zum Zopf zusammengebunden.

»Du siehst bezaubernd aus, Betty«, raunte er mir ins Ohr, was mir augenblicklich wohlige Schauer den Rücken herunterlaufen ließ. In diesem Moment war ich froh darüber, dass ich das nachtblaue Cocktailkleid doch noch eingepackt hatte. *Man weiß ja nie*, hatte ich in Claras Wohnung gedacht und meine beste Freundin hatte mir amüsiert zugestimmt.

Ich strahlte zu ihm herauf.

»Das Kompliment kann ich nur zurückgeben«, hauchte ich schüchtern.

»Komm, wir setzen uns an den kleinen Tisch in der Nische dort«, forderte er mich galant auf und reichte mir seinen Arm.

Ich hakte mich vergnügt ein, er geleitete mich zum Tischchen und wir setzten uns in die bequemen Sessel. Der Kamin verströmte eine behagliche Wärme und Pianoklänge durchströmten angenehm den gemütlichen Raum. Der Kellner näherte sich diskret und wir bestellten zwei Cocktails. Der Pianospieler hatte sein Lied beendet und stand unter Applaus auf, um eine Pause zu machen.

Wir unterhielten uns angeregt über die gemeinsamen Erlebnisse des Tages, als der Ober die Getränke auf dem Tischchen abstellte. Ich nippte am Cocktail, während Alexander mich mit leuchtenden Augen musterte.

»Betty, ich möchte dich unbedingt wiedersehen.« Er hatte sich vorgebeugt und flüsterte mir eindringlich die Worte zu, wobei er meine Hand ergriff.

Ich schluckte trocken. Genau das hatte ich befürchtet und gleichzeitig gehofft. Es war doch allgemein bekannt, dass Urlaubsflirts meistens ins Nichts führten. Andererseits faszinierte mich dieser Mann. Was sollte ich jetzt antworten? Alexander schien die innere Zerrissenheit zu spüren.

»Ich kann mir vorstellen, was du gerade denkst. Aber so etwas wie mit dir ist mir noch nie passiert. Ich habe Angst, dass ich die einzige Chance im Leben verpasse, wenn ich dich nicht wenigstens frage, ob du mich wiedersehen willst. Für mich bist du perfekt.«

Ich riss die Augen auf. Das hörte sich an wie in einem schmalzigen Hollywood-Film. Dort gab es meistens ein Happy End. Bloß, ich befand mich nicht in einem kitschigen Film. Das hier war die Realität – und doch konnte ich nicht glauben, dass ausgerechnet mir so etwas passierte.

»Du weißt, dass ich noch nicht bereit für eine neue Beziehung bin«, flüsterte ich bedrückt und er nickte verständnisvoll.

»Ich überlasse dir die Entscheidung. Wenn du mich wiedersehen willst, hinterläßt du mir beim Portier deine Telefonnummer, bevor ich abreise.«

Ich nickte stumm.

»Und nun lass uns diesen herrlichen Tag hier in der Bar ausklingen, ohne an morgen zu denken.«

Ich wollte etwas erwidern, doch er legte mir sanft einen Finger auf die Lippen und schüttelte den Kopf. Der Pianospieler hatte wieder seinen Platz eingenommen und bald erklang romantische Musik im Raum. Alexander schwang sich aus dem Sessel und machte eine galante Verbeugung vor mir.

»Schenkst du mir zum Abschied einen Tanz?«

Ich nickte erfreut und ergriff die ausgestreckte Hand. So tanzten wir in den nächsten Morgen hinein.

✳ ✳ ✳

Unser Rückflug war erst am Abend. Deshalb beschlossen Clara und ich, das letzte Frühstück auf dem Zimmer einzunehmen. So konnte sie sich erholen und im Bett liegen bleiben. Kaum hatte sie die Augen geöffnet, hatte sie mich mit Fragen zu meinem Date in der Bar bombardiert. Ich erzählte ihr in kurzen Zügen, wie der Abend verlaufen war.

»Und? Hast du ihm die Telefonnummer gegeben?«, rief sie voller Neugier und schaute mich prüfend an. »Na klar, darauf hätte ich wetten können.« Sie stöhnte kopfschüttelnd.

Ich verzog schmollend den Mund. »Ich konnte ihn nicht einfach so abreisen lassen …«

Clara verdrehte genervt die Augen. »Allerdings, genau das hättest du tun sollen. So ein Urlaubsflirt …«

»Ich weiß«, unterbrach ich sie unwirsch. »Vielleicht meldet er sich nicht. Doch die Chance hat er in jedem Fall verdient, nachdem er sich so nett um mich gekümmert hatte.«

Clara streichelte mir ungewöhnlich sanft über den Rücken. »Ach Süße, du bist zu gut für diese Welt und hoffnungslos romantisch.« Sie stupste mir frech in die Seite. »Lass uns den Kerl vergessen und das hervorragende Frühstück im Bett genießen«, grinste sie.

»Du hast recht«, kicherte ich los. »Was möchtest du zuerst, lass mich raten ...«

»Kaffee!«, riefen wir gleichzeitig.

* * *

Der Portier meldete sich beim Auschecken höflich zu Wort. »Frau Kramer, ich habe hier noch einen Umschlag für Sie persönlich«, sagte er mit gesenkter Stimme und reichte mir einen schmalen Brief, adressiert ‚An Betty'. Verwundert nahm ich ihn entgegen und Clara drängte sich interessiert heran.

»Nun mach schon auf«, flüsterte sie und der zuvorkommende Portier überreichte mir diskret einen Brieföffner. Mir wurde heiß und kalt zugleich und ich zitterte merklich, als ich den Umschlag aufschlitzte und hineinschaute.

Verblüfft zog ich zwei Zettel heraus. Bei dem einen handelte es sich um das Blatt Papier, auf dem ich Alexander meine Telefonnummer hinterlassen hatte. Der andere war mit Alex unterschrieben.

Nervös überflog ich die Worte, während Clara mitlas.

*Liebe Betty,*
*Du glaubst gar nicht, wie ich mich gefreut habe, als ich Deine Nachricht mit der Telefonnummer erhielt.*
*Fast hätte ich sie behalten.*
*Doch ich habe über unser Gespräch nachgedacht.*
*Du hast recht, wir sollten nichts überstürzen und ich möchte Dir die Zeit geben, die Du brauchst, damit Du frei entscheiden kannst.*
*Deshalb habe ich mich dazu entschlossen, Dir den Zettel zurückzugeben.*

*Ich gebe Dir ein Jahr Bedenkzeit.*
*Wenn Du mich dann immer noch besser*
*kennenlernen möchtest, bitte ich Dich,*
*nächstes Jahr um die gleiche Zeit hier im*
*Hotel zu erscheinen.*
*Ich werde jeden Abend in der Hotelbar*
*auf Dich warten.*
*Liebe Grüße auch an Clara,*

*Dein Alexander*

Sprachlos starrte ich auf die Nachricht und konnte kaum glauben, was ich da gelesen hatte. Auch Clara blieb ausnahmsweise stumm und wir schauten uns erstaunt an. Doch natürlich fand meine Freundin als Erste die Sprache wieder.

»Na, wenn das nicht romantisch ist, dann weiß ich auch nicht. So langsam habe ich das Gefühl, dass dieser tollpatschige Kerl doch ganz gut zu dir passen würde.«

Ich grinste sie an. »Das ist ja interessant. Meine nüchterne Freundin wird sentimental.«

Clara schlug aus Spaß nach mir und ich wehrte sie lachend ab.

»Und? Kommst du nächstes Jahr wieder hierher?«, fragte sie voller Neugier.

Ich schmunzelte. »Wer weiß? Ein Jahr ist lang ...«

»Versprich mir nur eins: Wenn du im Dezember wieder nach New York fliegst, dann lädst du mich auf den Kurzurlaub ein. Das Happy End möchte ich auf keinen Fall verpassen. Außerdem muss ich mich noch dringend bei jemandem entschuldigen.«

Ich prustete los. »Das stimmt allerdings. Du kannst uns dann auf einen Cocktail in die Bar einladen«, kicherte ich und strahlte sie glücklich an.

»Darauf kannst du wetten«, grinste Clara.

## Ein Jahr später ...

Zögernd blieb ich vor der Eingangstür zur Bar stehen. Mein Herz klopfte so heftig in der Brust, dass ich befürchtete, ohnmächtig zu werden.

Unvermittelt spürte ich eine Hand auf dem Rücken, die mich sanft vorwärts schob.

»Na mach schon oder hast du Angst, dass er nicht da ist?«, flüsterte Clara belustigt.

Ich seufzte und versuchte, die beschleunigte Atmung zu kontrollieren. Sie hatte natürlich genau ins Schwarze getroffen. Ich fühlte, wie sich winzige Schweißperlen auf der Stirn sammelten.

Rasch tupfte ich sie mit einem Taschentuch ab, das ich vor Nervosität in der Handfläche zu einem Ball zusammengeknüllt hatte.

»Keine Sorge Liebes, er wird da sein und du siehst fantastisch aus.«

Ich hatte mich für das nachtblaue Cocktailkleid von damals entschieden.

Erneut spürte ich die Hand im Rücken. Ich nahm all meinen Mut zusammen und öffnete die Tür.

Sofort sah ich zu dem Platz an der Bar hinüber, wo ich ihn letztes Jahr gesehen hatte.

Da saß er, winkte mir lässig zu, ließ sich vom Barhocker gleiten und kam mir lächelnd entgegen. Er sah umwerfend aus in der dunklen Jeanshose, dem hellen Hemd und der dunkelblauen Weste. Die braunen Locken hatte er, wie an jenem Abend, im Nacken zum Zopf zusammengeführt.

»Du siehst bezaubernd aus, Betty«, raunte er mir ins Ohr, was mir augenblicklich wohlige Schauer den Rücken herunterlaufen ließ. Ich strahlte zu ihm herauf.

»Das Kompliment kann ich nur zurückgeben«, hauchte ich schüchtern.

»Komm, wir setzen uns an den kleinen Tisch in der Nische dort«, forderte er mich galant auf und reichte mir seinen Arm.

Ich drehte mich herum, schaute zum Eingang hinüber und lächelte Clara zu, die beide Daumen nach oben hielt.

Wenn ich mich nicht täuschte, blitzten ihre Augen verdächtig feucht.

# Lovestory hautnah

**L**illy schnaufte frustriert und warf das Handy achtlos neben sich aufs Sofa.

*So ein Mist, ausgerechnet heute!*

Ihre beste Freundin Jennifer hatte in diesem Augenblick den langfristig geplanten ›Mädels-Abend‹ abgesagt. Sie wollten gemeinsam ins Kino, sich die aktuelle Lovestory anschauen und anschließend in einer Bar die Abendstunden gemütlich ausklingen lassen.

Aktuell waren sie solo und durften nach Herzenslust drauflos flirten. Der kontaktfreudigen, fröhlichen Kommilitonin fiel es leicht, potenzielle Traumtypen in ein erstes Gespräch zu verwickeln.

Ihr dagegen stand die Schüchternheit etliche Male im Weg. Deshalb zog sie gerne mit der Freundin los. Mit ihr wurde es nie langweilig.

Daraus wurde heute Abend leider nichts. Lilly seufzte. Kein Kino, kein Liebesfilm, keine Flirts.

Stattdessen lag Jennifer in diesem Augenblick mit einem handfesten Schnupfen und angeschwollenen Mandeln zu Hause im Bett.

*Wieder ein Abend vorm Fernseher mit einer großen Portion Eis als Tröster.*

Ihre anderen zwei Freundinnen tourten in den Semesterferien zusammen durch Schottland und standen nicht zur Verfügung. Außerdem wären sie ohnehin nicht mit ins Kino gegangen. Sie standen auf Aktion und Abenteuer statt ›Liebesschnulzen‹.

Jennifer dagegen schwamm mit ihr auf einer Welle. Sie war trotz ihrer lebhaften Art hoffnungslos romantisch und genauso auf der Suche nach dem Traumprinzen wie sie selbst.

Schade, dass der gefühlvolle Abend jetzt ins Wasser fallen würde, schade um die Kinokarten. Sie hatte sich seit Wochen darauf gefreut.

*Und wenn ich alleine gehe?*, überlegte Lilly erst widerwillig, dann nachdenklich.

Sie hasste es, ohne Begleitung Veranstaltungen dieser Art zu besuchen, fühlte sich dabei verloren, einsam und unsicher.

Im Kino würde sie auf aufgeregte Frauen treffen, die in Gruppen zusammenstanden, lachten und kicherten. Oder auf verliebte Paare, bei denen der Freund oder Mann freiwillig oder unfreiwillig die Liebste begleitete.

*Du bist ein Feigling,* flüsterte eine eindringliche Stimme. *Lässt dir die tolle Lovestory ent-*

*gehen, nur weil du dich nicht ins Kino traust.*

Trotzig runzelte Lilly die Stirn.

»Ich bin kein Feigling«, murmelte sie, erhob sich vom Sofa und schlurfte nachdenklich zur Küchenzeile. »Ohne Jennifer macht es weniger Spaß und es wird sterbenslangweilig«, versuchte sie sich einzureden, während sie gedankenverloren den Orangensaft aus dem Kühlschrank nahm und ihn in ein Glas füllte.

Doch sie wusste genau, dass das nicht der einzige Grund war. Die Stimme hatte recht: Sie war ein Feigling, traute sich zu wenig zu.

In großen Schlucken leerte sie das Glas und stellte es energisch auf den Esstisch.

*Okay, ich gehe ins Kino und werde mich köstlich amüsieren. Außerdem tue ich Jennifer damit einen riesigen Gefallen.*

Die Freundin hatte ein schlechtes Gewissen, weil sie Lilly auf den Kinokarten sitzen ließ.

»Also, für Jenny!«, sagte sie etwas zu laut, um ihr Unbehagen zu übertönen und einzuschüchtern, und stürmte ins Badezimmer.

Höchste Zeit, in zwei Stunden begann die Filmvorführung.

∗ ∗ ∗

L illy bezahlte und nahm die Bestellung, eine große Cola und eine mittlere Tüte Popcorn, entgegen. Vorsichtig bahnte sie sich den Weg durch die wartenden, schwatzenden Kinobesucher.

Wie erwartet, hauptsächlich Frauen, die in Gruppen oder paarweise zusammenstanden und aufgeregt durcheinander plapperten. Vereinzelt waren auch Männer anwesend, die ihre Begleiterinnen im Arm hielten und gelegentlich küssten.

Sie seufzte und schritt zügig auf den Kinosaal zu, der bereits die Türen geöffnet hatte.

Im nächsten Augenblick prallte sie unausweichlich mit einem Mann zusammen, der überraschend aus dem abgedunkelten Durchgang des Saals eilte.

Die Popcorntüte flog durch die Gegend, wobei sich der Inhalt auf dem umliegenden Fußboden verteilte. Dank einer reflexartigen Drehung seitwärts gelang es ihr zum Glück, den Cola-Pappbecher in der Hand zu behalten.

Grimmig wandte sie sich dem Verursacher zu, um ihm gehörig die Meinung über seine Unachtsamkeit ins Gesicht zu keifen.

*Unmöglich. Kann der nicht aufpassen? Hat er keine Augen im Kopf?*

Lillys wütender Blick wanderte von den Knöpfen des dunkelblauen Poloshirts aufwärts, über ein kantiges, glatt rasiertes Kinn, eine braun gebrannte Nase bis hinauf zu einem Paar türkisblauer Augen. Die Schimpfworte, die in ihrem Kopf herumschwirrten und die sie auf ihn loslassen wollte, verpufften ins Nichts.

*Diese Augenfarbe ist der Wahnsinn.*

Sie erinnerte Lilly an die Farbe des Indischen Ozeans. Als kleines Kind waren ihre Eltern mit ihr im Urlaub auf den Malediven gewesen. Viele Erinnerungen daran waren verblasst, doch das faszinierende Türkisblau des Meeres hatte sich tief in ihr Gedächtnis eingebrannt.

Genau dieses Blau strahlte Lilly in diesem Moment aus dem Blick des jungen Mannes entgegen. Dazu gesellten sich winzige Lachgrübchen und verführerische Sommersprossen auf den Nasenflügeln.

Die Lippen des Mannes bewegten sich, formten Worte, deren Klang langsam zu ihr durchsickerte.

»Alles okay?«

Erneut der Blick aus diesen wunderschönen Augen, die von einem dichten Wimpernkranz umschlossen waren.

*Wie kann ein Mann so unverschämt lange Wimpern haben?*

»Ja, ich denke schon, bis auf das Chaos auf der Erde ...« Lilly schaute sich unbeholfen um, während die hereinströmenden Kinobesucher an ihnen vorbei in den Saal drängten.

»Komm«, raunte der Mann lächelnd, ergriff ihre Hand und führte sie sanft ziehend aus dem Gedrängel zur Seite. »Du wartest hier auf mich.«

Ehe Lilly antworten, zustimmen oder protestieren konnte, drehte sich der Fremde um und schritt leichtfüßig in Richtung Popcornstand.

Sie sah, wie er die Bedienung charmant anlächelte, mit dem Finger zur Saaltür zeigte und auf sie einredete. Erst jetzt bemerkte Lilly die braunschwarzen Locken, die der Mann im Na-

cken zu einem lässigen Pferdeschwanz zusammengebunden hatte. Er war mindestens
einen Kopf größer als sie und die Muskeln
zeichneten sich deutlich unter dem Shirt ab.

*Ein klasse Typ,* dachte sie anerkennend,
während er bereits wieder mit einer riesigen
Poppkorntüte und einem Pappbecher bewaff-
net auf sie zukam.

»Das Personal kümmert sich nachher um
das Chaos am Eingang, und für Nachschub habe ich auch gesorgt.« Er grinste etwas verlegen.
»Ich bin einfach davon ausgegangen, dass du
alleine hier bist«, fügte er erklärend hinzu.

*Wie hat er das jetzt erraten? Ist es so offen-
sichtlich, dass ich Single bin?*

Lillys mühsam erarbeitetes Selbstbewusst-
sein sank auf den Nullpunkt.

*Und wenn schon? Ich bin schließlich nicht
die Einzige auf der Welt ohne einen Freund.*

»Hey, wir sollten uns beeilen, der Film fängt
gleich an.«

Seine aufmunternde Stimme holte sie aus
den trüben Gedanken zurück. Sie nickte. Sie
würde sich den Film jedenfalls nicht entgehen
lassen.

Gemeinsam betraten sie den Kinosaal und setzten sich in die oberste und letzte Reihe. Sie deponierten die Pappbecher in den Halterungen, und der Mann reichte Lilly die riesige Popcorntüte herüber.

»Ich heiße übrigens Leon.«

»Lilly.« Sie überlegte. »Sag mal, wieso schaust du dir alleine einen Liebesfilm an? Hat dich deine Freundin versetzt?«

*Eine kleine Retourkutsche kann nicht schaden*, dachte sie und grinste ihn vorwitzig an.

Leon fixierte sie mit den wasserblauen Augen. »Wenn du ein Geheimnis hüten kannst, verrate ich es dir.«

Lilly nickte. »Klar, schieß los, ich bin gespannt ...«

Er flüsterte eindringlich: »Ich stehe total auf diese kitschigen *Liebesschnulzen*. Frag mich bitte nicht wieso ... Da ich zurzeit keine Freundin habe, die als Alibi erhalten könnte, bin ich eben alleine hier.«

Sie musterte ihn erstaunt. *Ganz schön mutig von ihm, hier als Mann solo aufzutauchen. Eigentlich mutiger als ich.* »Ich find's cool von dir«, erwiderte sie anerkennend.

Ihre Blicke trafen sich. Abtastend. Prüfend. Dann griffen sie gleichzeitig beherzt in die Tüte, sodass ein paar einzelne Körner durch die Gegend sprangen.

Lilly prustete los. »Na, das kann ja was mit uns werden. Da haben sich zwei Chaoten gefunden.«

Für einen kurzen Augenblick berührten sich ihre Hände in der Popcorntüte.

»Wer weiß, vielleicht sind wir *das* Traumpaar und stellen jeden Liebesfilm mit unserer Geschichte in den Schatten«, konterte er lächelnd.

Lilly zog rasch ihre Hand aus der Tüte, schnappte sich ihren Pappbecher und sog hastig am Strohhalm.

»Hey Lilly, alles okay. Ich freue mich jedenfalls, dass ich dich hier getroffen habe.«

Lilly kicherte. »Getroffen ist das passende Wort für unseren Zusammenstoß.« Mit gedämpfter Stimme fügte sie hinzu: »Also, wenn du in Zukunft eine Alibi-Freundin fürs Kino brauchst, stehe ich gerne zur Verfügung.« *Habe ich das gerade gesagt?*, staunte sie. *Ganz schön viel Mut für einen Tag.*

»Auf das Angebot komme ich gerne zurück«, flüsterte Leon plötzlich dicht an ihrem Ohr und legte wie selbstverständlich den Arm um sie.

# Gedichte

# Ein Bild für Dich

Dein Leben zeichnet Dir Bilder

Es sind sehr viele

Täglich werden es mehr


Sie sind gezeichnet auf Vergangenheit

Die Farbe heißt Erinnerung


Manche sind blass

Verwaschen

Es ist so lange her


Andere sind verstaubt

Du erkennst sie nicht mehr

Sie alle haben Namen

Sind unterschiedlich groß


Heute zeichne ich ein Bild für Dich

Das Größte, das Du hast

*Ich zeichne es auf Zukunft*

*Die Farbe heißt Ewigkeit*


*Es ist deutlich und hell*

*Jeden Tag präsent*


*Ich nenne es:*

*»Ich liebe Dich«*

# Gefangene Seele

Es ist kalt in mir

Meine Seele erfriert

Erstarrt zu Eis

Unzerbrechlich


Ich fühle nichts

Unnahbar

Alles prallt an mir ab

Eisberg in meinem Herzen


Du bist gegangen

Hast mich verlassen

Zurückgelassen

Alles ist tot in mir


Wann werde ich wieder fühlen?

Wieder lieben?

Wieder berühren und empfinden?

Wo bist Du?

Wer bringt mein Herz zum Schmelzen?

Berührt meine Seele im Kern?

Bringt das Innere nach außen?

Ich sehne mich nach Dir

Deine Liebe wird mich fühlen lassen

Die Seele wird atmen

Das Herz zerspringen

Vor Glück

Du hast mich gefunden

Aus dem Schatten gezogen

Von Ketten befreit

Ins Leben zurück

# Liebesbriefe eines Mannes

# Gedankenspiele

*Guten Morgen, mein lieber Schatz!*

*Heute schreibe ich Dir mal wieder*
*eine kleine Nachricht.*
*Ich habe ganz viele schöne Gedanken,*
*wenn ich an Dich denke.*
*Aber das Beste ist, dass jeder Gedanke*
*mit Dir zu tun hat.*

*Mittlerweile bin ich ein glücklicher Mann.*
*Ich habe alles,*
*was ich im Leben erreichen wollte.*

*Ein tolles Haus, ein schönes Auto ...*
*Aber ohne Dich wäre das alles nichts.*

*Nur durch Dich bin ich glücklich.*
*Nur Du erfüllst mich mit tollen Gedanken.*

*Nur Du gibst mir ein Zuhause.*

*Nur Du gibst mir alles was ich brauche.*

*Ich möchte noch ganz lange mit Dir*

*zusammen sein.*

*Noch ganz lange an Deiner Seite sein.*

*Mit Dir noch ganz viel erleben.*

*Ganz viele Küsse*

*Dein Schatz*

*Ich liebe Dich!*

# Zuversicht

*Guten Morgen, mein Schatz!*

*Ich werde wieder den ganzen Tag*
*in Gedanken bei Dir sein.*
*Du bist mein ein und alles.*

*Mach Dir bitte keine Sorgen.*
*Wir werden das alles schaffen.*
*Wir haben ja bisher auch alles geschafft,*
*oder?*

*Zusammen machen wir das und sind*
*unschlagbar.*
*Unschlagbar!*

*Ich liebe Dich.*
*All meine Gefühle gehören Dir.*

Liebe, Zuneigung, Geborgenheit, Freude,

Spaß

und all die anderen.


Wir machen uns eine tolle Zeit.

Ich freue mich schon so sehr darauf,

in Deiner Nähe zu sein.

Dich um mich zu haben.

Bei Dir bin ich glücklich.


Ich küsse Dich tausendmal.

Dein Schatz

# Liebe leben

*Hallo, mein lieber Schatz!*

*Heute mal wieder ein kleiner Liebesbrief.*
*Aber warum schreibe ich den eigentlich?*
*Ist doch klar: weil ich Dich liebe.*
*Und zwar nicht einfach nur so.*

*Nein.*
*Da ist viel mehr.*
*Ich will mein ganzes restliches Leben*
*mit Dir verbringen.*

*Und das schreibe ich nicht nur so.*
*Das meine ich absolut ernst.*

*Darum finde ich es so toll, dass wir uns ein*
*Zuhause geschaffen haben.*
*Hier können wir unsere Liebe leben.*

Natürlich haben wir viel Alltag.

Aber das macht nichts.

Wichtig ist, dass wir uns unserer Liebe

bewusst sind.


So kann uns nichts passieren.

Wir gehören zusammen.

Und das wissen wir auch.


Ich liebe Dich.

Die drei schönsten Worte,

die ich Dir sagen kann.


So groß und so mächtig.

So gefühlvoll und tröstend.


So weich und ruhig.

So aufregend und beruhigend.

*Darum sage ich es Dir immer wieder:*

*Ich liebe Dich*

*Dein Schatz*

# Fantasie

# Das Tal der Einhörner

icke Schneeflocken schwebten sanft durch die kühle Nacht, bedeckten die Felder und Wiesen mit einer glitzernden Decke. Das kleine Dorf am Rande des Waldes sah aus, als wäre es mit Zuckerguss überzogen worden. Auf den windschiefen Dächern der Häuser lag eine üppige Schneeschicht, aus den Schornsteinen stiegen neblige Rauchschwaden zum sternenklaren Himmel empor.

Das Mädchen schloss lautlos die Tür hinter sich und stülpte zitternd die Kapuze über die blonden Haare. Flink versteckte es die Hände im Muff und stapfte mit den dicken Lederstiefeln den Weg entlang, der aus dem Dorf hinaus in Richtung Wald führte. Die Wangen und ihre Nasenspitze leuchteten rot vor Kälte, der warme Atem bildete augenblicklich zarte Rauchschwaden. Sie schwitzte vor Anstrengung.

Als sie den Waldrand erreichte, verharrte sie einen Moment und schaute unsicher zurück, in das Tal hinab. Aus den verschlafen wirkenden Hütten schien vereinzelt Lichtschein aus den Fenstern. Gemütlich und einladend ruhte das Dorf in der kalten Winternacht.

Doch das Mädchen hatte es eilig. Rasch

drehte es dem Dörfchen den Rücken zu und schritt beherzt zwischen den Bäumen entlang.

Die Äste des Tannenwaldes beugten sich kräftig unter der weißen Last, Schnee rieselte auf die zierliche Gestalt hinab, die unbeirrt auf das spärlich beleuchtete Holzhäuschen auf der Waldlichtung zu stampfte. Noch bevor sie anklopfen konnte, öffnete sich knarrend die dicke Holztür. Eine runzelige Hand packte den Arm des Mädchens und zog es in die Hütte hinein.

D ie alte Frau rief: »Herein mit dir, mein liebes Kind. Du bist ja völlig durchgefroren«, und ließ die dicke Holztür ins Schloss fallen. »Zieh doch bitte die Stiefel aus und stell sie dort neben die Tür. Den Mantel kannst du auf den Haken an der Wand hängen.«

Das Mädchen tat, wie ihm geheißen, und kauerte anschließend fröstelnd auf einem der Schemel vor dem Kaminfeuer. Voller Neugier betrachtete es die spärliche Einrichtung der Hütte. Außer den zwei Schemeln vor dem Kamin gab es einen Esstisch mit vier Stühlen und eine winzige Kochstelle.

Drei Ausgänge gingen von dem Wohnraum ab. Hinter dem einen befand sich die Schlafkammer, hinter dem anderen das Bad. Wohin die dritte Tür führte, wusste sie nicht, vermutete dahinter aber eine Art Speisekammer. Zwar war es unzählige Male als Gast hier gewesen, jedoch niemals mitten in der Nacht und im Schein der flackernden Kaminflammen wirkte die vertraute Umgebung seltsam unheimlich.

Das Kaminfeuer knisterte derweil und strahlte eine wohlige Wärme aus. Das Mädchen seufzte zufrieden und streckte die klammen Finger in Richtung Feuerstelle.

Die Alte hatte in der Zwischenzeit Tee aufgebrüht, der einen aromatischen Duft nach Äpfeln und Zimt im Raum verbreitete. Auch eine Schale mit Gebäck stand auf einem Tablett griffbereit. Das Mädchen nahm dankend den heißen Tee entgegen und stibitzte einen Schokoladenkeks, während sich die Frau auf dem anderen Hocker niederließ und das Gesicht des

Kindes liebevoll betrachtete.

»Du fragst dich bestimmt, warum du mich mitten in der Nacht am Neujahrsmorgen aufsuchen sollst?«, begann sie das Gespräch, rückte mit dem Schemel dicht an das Mädchen heran und drückte behutsam die Hände der Kleinen.

Diese erwiderte den Händedruck und lächelte zurück. »Ach Großmutter, du weißt, ich komme dich gerne besuchen. Doch heute ist es etwas Besonderes, und ich bin so gespannt, was du mit mir besprechen möchtest.«

Die Alte schmunzelte. »Du bist ein schlaues Mädchen, viel gescheiter als deine älteren sechs Geschwister. Nicht, dass ich sie nicht mag, verstehe das bitte nicht falsch. Aber du bist mir sehr ans Herz gewachsen: Dein gütiger Charakter, die sorgsame Art, wie du dich in der Natur bewegst und mit den Tieren umgehst, all das zeigt mir, dass du die Richtige bist.«

Überrascht starrte das Mädchen sie an. »Die Richtige? Wofür denn, Großmutter?«

Die Angesprochene seufzte, doch die Augen blitzten vor Spannung. »Du wirst meine Nachfolgerin«, verkündete sie feierlich.

»Deine Nachfolgerin?«, flüsterte die Kleine ehrfürchtig. Sie konnte es kaum glauben.

»Ja, mein liebes Kind. Ich werde dich als Heilerin heranbilden. Von all meinen Enkelkindern bist du am besten dafür geeignet. Voraussetzung ist natürlich, dass du es auch von Herzen willst und in die Lehre einwilligst ...«

Das Mädchen war aufgesprungen und fiel der Großmutter stürmisch um den Hals. »Ja, ja, ja, ich möchte in jedem Fall, liebste Großmutter.«

»Das hatte ich gehofft.«

Vorsichtig löste die Alte die Umarmung, nahm die Enkeltochter bei der Hand und führte sie stillschweigend durch die dritte Tür des Raumes.

Das Mädchen staunte und sah sich voller Ehrfurcht um. Das Zimmer schien aus allen Nähten zu platzen. Überall Regale, vollgestellt mit Glasbehältern, gefüllt mit getrockneten Kräutern und undefinierbaren Flüssigkeiten. Auf einem zierlichen Tisch stapelten sich abgegriffene Bücher, in einer Ecke hing ein wuchtiger Kessel über einer Feuerstelle. Nur der Holztisch in der Mitte des Raumes war aufgeräumt und blitzsauber. Lediglich ein abgegriffenes Büchlein lag darauf.

Die alte Frau trat an den Tisch heran, führte die Hand des Mädchens zum Notizbuch und legte ihre Handfläche oben drauf. Eindringlich sah sie die Kleine an und begann einen murmelnden Gesang. »Von nun an werde ich dich in die Künste des Heilens einweihen. Ich werde dir alles beibringen, damit du diese wertvolle Gabe zum Wohle der Menschheit und zum Schutz der Natur und Tierwelt gewissenhaft ausführen kannst. Sämtliche Geheimnisse, die ich bewahre, wirst auch du ein Leben lang bewahren. Von diesem Zeitpunkt an bist du ein Lehrling der Heilkünste und eine Geheimniswahrerin.«

Das Mädchen schluckte ängstlich bei dem unheimlichen Gesang, ein Schauder lief ihr den Rücken entlang. So ernsthaft hatte es die alte Frau noch niemals erlebt. Trotzdem war es stolz, dass ausgerechnet es, mit seinen vierzehn Jahren, für diese verantwortungsvolle Aufgabe ausgesucht wurde. Es wollte die Großmutter auf keinen Fall enttäuschen.

Als der geheimnisvolle Singsang endete, war

die Großmutter wie ausgewechselt. Sie drückte und herzte das Mädchen und sagte ihr, wie froh sie sei, endlich eine würdige Nachfolgerin gefunden zu haben. »Komm, mein Kind, jetzt, da du Geheimnisträgerin bist, werde ich dir die Geschichte vom Tal der Einhörner anvertrauen.«

Beide gingen Hand in Hand hinüber zum Kamin.

»Du meinst die Legende vom Tal der Einhörner? Die kennt hier doch jedes Kleinkind«, sagte es etwas enttäuscht.

Die Großmutter schenkte heißen Tee nach, setzte sich erneut auf den Holzschemel und lächelte geheimnisvoll. Das Mädchen hingegen kuschelte sich auf das großflächige Bärenfell zu Füßen der Alten und lauschte gespannt den Worten.

»Dies ist die wahre Geschichte vom Tal der Einhörner.«

*Vor langer Zeit lebte in den dichten Wäldern des Königreichs eine riesengroße Herde Einhörner. Ihre Anzahl war so gewaltig, dass niemand sie zu zählen vermochte.*

*Der Herrscher des Reichs war ein gütiger König und er regierte das Volk mit friedvoller Hand. Er liebte die Wildheit der ungezähmten, kräftigen und doch stolzen Kreaturen. Die magischen Wesen, mit den schneeweißen Fellen und den silbrig glänzenden Mähnen standen unter seinem Schutz und kein Jäger wagte es, sie zu fangen oder abzuschießen.*

*Wenn ein Tier verletzt war, wurde es von der Heilerin des Königreichs sorgfältig und mit viel Liebe gepflegt. Im Gegenzug bekam sie jedes Jahr von dem Anführer der Einhornherde Pulver aus dem Horn und Einhorn-Haar geschenkt, woraus die Heilerin außergewöhnliche Heiltränke herstellte.*

*Diesen Zutaten sprach man unumstrittene Heilkräfte zu. Sie halfen bei allerlei Krankheiten und machten unempfindlich gegen Feuer und Gift.*

*So profitierten das Königreich und die magi-*

*schen Kreaturen gleichermaßen von ihrer
Freundschaft.*

Das Mädchen seufzte. »Ach Großmutter«, zu der Zeit hätte ich ebenfalls gerne gelebt.«
Die Alte streichelte zärtlich über die goldenen Locken des Kindes und fuhr mit der Erzählung fort.

*Doch alsdann starb die junge Königin unverhofft und der König nahm sich eine andere Frau, die einen Sohn mit in die Ehe brachte.*

*Dieser Knabe war von unheilvollem Charakter. Bösartig und hinterhältig trieb er so allerlei gemeine Scherze mit den Waldtieren. Er legte Fallen im Wald aus, in die die Tiere hineintra-*

ten und sich schwer verletzten oder starben. Mit selbst gebauten Steinschleudern schoss er auf sie, freute sich und lachte hämisch, wenn er sie traf. Ebenso fing er Einhornfohlen und sperrte sie in die Stallung, wo sie kläglich nach den Müttern riefen.

Die Heilerin des Königreiches half den tierischen Lebewesen mit Heilsalben und Tränken, so gut sie konnte, und befreite die Fohlen aus dem Gefängnis.

E rzürnt rief die Kleine: »Den ungezogenen Jungen hätte man einsperren sollen, egal, ob er ein Königskind war oder nicht.« Ihre Wangen glühten rosafarben vor Aufregung.

Erneut tätschelte die alte Frau den Kopf des Mädchens, das zu ihren Füßen vor dem Kamin saß und aufmerksam der Erzählung lauschte.

*U*nglücklich über das Treiben des Kindes erkrankte der König schwer und die besten Heiltränke konnten ihn nicht gesunden lassen. Nach einigen Jahren der Krankheit starb er an gebrochenem Herzen.

Tränen des Mitleids rannen der Kleinen die erhitzten Wangen hinab. »Der arme König«, flüsterte sie bekümmert.

»Mein liebes Kind«, erwiderte die Großmutter mit sanfter Stimme. »Es ist eine traurige, aber auch lehrreiche Geschichte. Lass mich zu Ende sprechen und du wirst verstehen, warum ich sie dir anvertraue.«

Die Enkelin nickte ehrfürchtig und legte eine Hand auf das Knie der Alten.

*D*er Junge, in der Zwischenzeit zu einem stattlichen Mann herangewachsen, wurde zum König gekrönt und Angst und Schrecken verbreiteten sich bei den Menschen im gesamten Königreich und bei den Waldtieren.

Als Herrscher der Wälder rief er zur Jagd auf und tötete viele Tiere und auch Einhörner. Diese waren bezaubernde, aber ebenfalls sehr stolze Wesen. Verärgert und gekränkt über die furchtbaren Taten des Königs zogen sie sich immer tiefer in die Wälder zurück, bis sie fast kein Mensch je wieder sah.

Nur die Heilerin des Königreichs wurde von dem Anführer der Einhornherde ins Vertrauen gezogen, da sie den magischen Wesen zu jeder Zeit geholfen hatte. Er zeigte ihr den Eingang zum versteckten Tal, wo die Herde von nun an ungestört und friedlich leben sollte.

Das Leittier gestattete der Heilerin ein einziges Mal im Jahr, am Neujahrstag, das Tal der Einhörner aufzusuchen, um ihren Vorrat an Heilmitteln aufzufrischen. Wenn sie das Geheimnis verraten würde, dürfte sie nie wieder das Tal betreten und der Eingang würde für

*immer verschlossen werden. Sie versprach fei-*
*erlich, das Geheimnis zu bewahren.*

Aufgeregt unterbrach das Mädchen.
»Großmutter, gibt es das Tal der Einhörner tatsächlich?«
Die Alte schaute mahnend auf das Enkelkind
herab. »Pst, mein Kind, hör weiter zu«, sprach
sie mit blitzenden Augen.

*Nach und nach gerieten die Einhör-*
*ner im Königreich in Vergessen-*
*heit. Die Menschen litten unter der*
*Herrschaft des bösartigen Königs. Vorbei wa-*
*ren die friedvollen Zeiten. Hunger und Kriege*
*überschatteten das gesamte Reich.*
*Einige Jahre waren ins Land gegangen, der*
*König hatte mittlerweile drei liebreizende Kin-*

*der mit guten Herzen, da erkrankte das Jüngste, die einzige Tochter, schwer. Sie hatte im Wald von einem giftigen Pilz genascht. Sofort schickte der König nach der Heilerin. Als sie sah, dass das Mädchen sich vergiftet hatte, schüttelte sie bedauernd den Kopf.*

*»Ich kann der Königstochter nicht helfen, mein Vorrat an Gegenmitteln ist längst aufgebraucht.«*

*Der König weinte und flehte: »Bitte sage mir, wie ich dir helfen kann, die Zutaten zu besorgen. Lass die Prinzessin nicht sterben, ich liebe sie von Herzen.«*

*Die Heilerin sah das Leid des Herrschers, sah, wie das garstige Herz durch den erlebten Schmerz erweichte. Sie hatte Mitleid mit ihm und dem Königskind. »Es gibt eine Möglichkeit, wie ich das Kind retten kann. Doch dafür musst du mir drei Dinge versprechen.«*

*Rasch ergriff der König die Hände der Heilerin und sprach mit ernsthaftem Tonfall: »Ich verspreche dir alles, was du möchtest, und ich werde mein Wort halten, wenn du meine Tochter heilst.«*

*Die Frau erwiderte den Händedruck und be-*

*siegelte den Pakt. »Erstens: Künftig bist du ein gütiger Regent und führst das Volk aus Krieg und Hungersnot. Zweitens: Die Tiere des Waldes lässt du in Frieden leben, so wie es dein Vater getan hat. Drittens: Du bist nunmehr Geheimnisträger und darfst mit niemandem über das Tal sprechen, zu dem ich dich jetzt führe, bis an dein Lebensende.«*

*Der König nickte demütig und schaute mit tränenfeuchten Augen auf das sterbende Kind hinab.*

*Die Heilerin erkannte die Liebe im Herzen des Vaters und sprach drängend: »Lass die zwei schnellsten Pferde satteln, denn es ist Eile geboten. Du begleitest mich, denn du musst deine Schwüre noch jemand anderem vorbringen. Wem, das wirst du in Kürze erfahren.*

*Erneut nickte der König und erwiderte: »So wie du es sagst, soll es von nun an geschehen.«*

*Und so geschah es.*

*Sie galoppierten gemeinsam zum Tal der Einhörner, um die Zutaten des Heiltranks vom Anführer der Herde zu erbitten. Dieser lauschte den flehenden Worten und Schwüren des Königs. Es war ein stolzes Wesen, doch die Tränen des Herrschers berührten ihn tief und er gab den Bittstellern reichhaltig vom Einhorn-Pulver.*

*Auch mahnte er den König, die gegebenen Versprechen zu halten. Zur Heilerin sagte er: »Ich weiß, dass du ein barmherziges Herz hast. Darum mache ich diese eine Ausnahme. Fortan hältst du dich an deinen Schwur als Geheimnisträgerin, sonst bleibt das Tal für immer vor den Menschen verschlossen.«*

*Beide gelobten dem Einhorn, die Versprechen zu halten, bedankten sich ehrfürchtig und ritten geschwind zur Prinzessin zurück.*

D as Mädchen hatte den Worten der Großmutter gebannt gelauscht. »Wurde die Königstochter gerettet?«, flüsterte die Kleine mit geweiteten Augen.

Lächelnd beendete die alte Frau ihre Erzählung.

*** *** ***

*Die Tochter des Königs wurde geheilt und der Vater hielt die Versprechen, die er der Heilerin und dem Einhorn gegeben hatte. Von da an herrschte Friede im gesamten Königreich. Die Tiere des Waldes wurden forthin in Ruhe gelassen und nicht mehr gejagt.*

*Auch das Geheimnis vom Tal der Einhörner wurde von ihm bewahrt und er nahm es mit ins Grab.*

*Die Heilerin hielt sich von da ab gewissenhaft an den Schwur, den sie als Geheimnisträgerin abgelegt hatte. Die Einhörner erlaubten ihr jedoch, ihr Wissen an eine ausgewählte Nachfolgerin weiterzugeben.*

*So geschah es, dass sie eine Enkeltochter in die Kenntnisse der Heilkunst und das Geheimnis vom Tal der Einhörner einweihte und so geschieht es noch heute.*

＊＊＊

Das Mädchen starrte die Großmutter argwöhnisch an, während der letzte Satz in der wohlig warmen Holzhütte verklang.

»Ist das alles wahr? Gehörst du ebenfalls zu den Heilerinnen, die das Geheimnis der Einhörner bewahren?«

Die Alte lächelte gütig und nickte zustimmend. »Ja, mein Kind. Ich bin eine direkte Nachfahrin. Die Heilerin, von der ich dir eben erzählte, ist meine Ur-, Ur-, Urgroßmutter.

Ich habe dich als Nachfolgerin ausgewählt. Somit bist du ab jetzt ebenfalls eine Geheimnisträgerin, und ich werde dich in den Künsten der Heilkunst unterrichten, damit das Wissen erhalten bleibt. So geschieht es seit Generationen. Wenn die Zeit gekommen ist, wirst auch du dir eine Nachfolgerin aussuchen und ausbilden.«

Das Mädchen strahlte ehrfürchtig. »Liebste Großmutter, ich danke dir, dass du mir vertraust und ich werde dich nicht enttäuschen.

Ich werde die beste Heilerin, die es je gegeben hat«, rief sie aus und fügte schuldbewusst hinzu: »Außer dir, selbstverständlich.«

Die Alte lachte herzhaft und streichelte der Enkelin sanft über die Wange.

»Ach du meine Güte, es ist ja Neujahrsmorgen. Aus diesem Grund hast du mich heute Nacht zu dir gerufen.«

Aufgeregt war die Kleine aufgesprungen. »Du wirst am heutigen Tag zum Tal der Einhörner gehen und deine Vorräte auffüllen und ich darf dich begleiten«, jubelte sie.

»Schlaues Mädchen.« Die alte Frau schmunzelte und erhob sich ebenfalls von dem Holzschemel. »Ich fülle uns jetzt einen Korb mit Brot und Wasser. Wir haben einen anstrengenden Weg vor uns. Sobald die Sonne aufgeht, brechen wir auf.«

Als die Sonne im Osten über dem Wald erschien, sah man zwei Gestalten nebeneinander durch den hohen Schnee am Waldrand in Richtung Norden stapfen.

Auf dem Rücken trugen sie geflochtene Weidenkörbe und gedämpftes Lachen flog über die schneebedeckten Felder.

# Der kleine Fisch, der fliegen wollte

An einem warmen Sommertag schwamm ein kleiner Fisch durch das Meer und sah von unten eine Lachmöwe auf dem Wasser treiben.

»Guten Morgen, liebe Möwe! Ich würde gerne einmal so fliegen wie du. Kannst du mir bitte sagen, wie das geht?«

Die Möwe schaute verächtlich auf den kleinen Fisch herab. »Du bist ein Fisch, kein Vogel. Und Fische können nun mal nicht fliegen«, sprach sie und flog lachend davon.

✳ ✳ ✳

Traurig schwamm er weiter und traf Frau Krake.

»Wieso bist du denn so unglücklich?«, fragte diese und legte tröstend einen Krakenarm um ihn.

»Ich möchte so gerne fliegen und weiß nicht, wie das geht. Kannst du mir helfen?«

Aber Frau Krake schüttelte mitleidig den gewaltigen Kopf. »Nein, mein Kleiner, mit so etwas kenne ich mich nicht aus. Aber frag doch das Seepferdchen. Vielleicht kann es dir weiterhelfen. Viel Glück!«

»Danke für den Tipp, das werde ich versuchen«, rief der kleine Fisch fröhlich und schwamm davon, um das Seepferdchen zu suchen.

✳ ✳ ✳

Fröhlich rief der Fisch: »Hallo liebes Seepferdchen. Frau Krake schickt mich. Ich möchte so gerne fliegen und weiß nicht, wie das geht. Kannst du es mir sagen?«

»Nein, lieber Fisch. Ich kann nur im Wasser springen, aber nicht fliegen. Doch der Rochen hat so riesige Flossen und fliegt durchs Wasser. Der kann dir bestimmt helfen.«

»Das ist eine tolle Idee«, jubelte der kleine Fisch. »Ich mache mich sofort auf den Weg zu ihm.«

**D**er alte Rochen begrüßte ihn. »Nicht so stürmisch! Wieso bist du denn so aufgeregt?«

»Lieber Rochen, ich möchte so gerne fliegen. Kannst du mir zeigen, wie das geht?«

Der alte Rochen schmunzelte. »Ich kann zwar durchs Meer fliegen, aber nicht durch die Luft wie ein Vogel.« Als er sah, wie traurig der kleine Fisch wurde, hatte er eine Idee. »Frag doch die fliegenden Fische. Die müssen es wissen.«

»Das mache ich«, strahlte er und tanzte vergnügt im Kreis umher. »Danke für deine Hilfe!«

»Viel Erfolg«, rief der Rochen, als der kleine Fisch fröhlich davonschwamm.

✳ ✳ ✳

Doch dieser hatte Mühe, die fliegenden Fische einzuholen, so schnell waren sie. »Wartet auf mich! Ich muss euch etwas fragen«, stieß er prustend aus.

»Was willst du denn von uns? Wir haben keine Zeit«, blubberten sie.

»Ich möchte doch nur so fliegen wie ihr«, schluchzte der kleine Fisch verzweifelt.

»Du, und fliegen? Das wirst du nie schaffen«, polterte der fliegende Fisch, lachte laut und sprang davon.

\* \* \*

Keiner kann mir helfen, dachte der kleine Fisch betrübt.

Da ertönte eine tiefe Stimme hinter ihm. »Ich beobachte dich jetzt bereits eine ganze Weile. Du meinst es wahrhaftig ernst mit dem Fliegen und gibst nicht auf.«

Überrascht drehte sich der kleine Fisch um und sah einen riesigen Wal.

»Ich möchte dir deinen Wunsch erfüllen. Wenn du mutig bist, klettere auf meinen Rücken, leg dich auf das Loch und warte ab, was passiert.«

Neugierig tat der kleine Fisch, was der Wal von ihm verlangte. Plötzlich fing das Wasser unter ihm an zu brodeln und er wurde in einem blubbernden Strahl in die Luft gehoben.

Jubelnd tanzte er auf dem Wasserstrahl, sah staunend die Welt über der Wasseroberfläche, bevor er wieder ins Meer eintauchte. Überglücklich bedankte sich der kleine Fisch bei dem Wal, der ihm freundlich anbot, ihn jederzeit nochmals fliegen zu lassen.

# Die kleine Nixe
# und die Kräuterhexen

Einst lebte, hoch im nordischen Meer, tief unter der Wasseroberfläche, eine kleine Nixe mit ihren sechs Schwestern. Der Vater war der Herrscher des Nordmeeres und regierte das Königreich mit viel Liebe.

Er hatte ein sanftmütiges Herz und kümmerte sich rührend um seine sieben Töchter, die seit dem Tod der Königin ohne Mutter aufwuchsen.

Trotz des Verlustes lebten die Nixen fröhlich und unbeschwert. Das Volk des Nordmeeres liebte die zauberhaften Geschwister und sah voller Ehrfurcht und Dankbarkeit zu seinem König auf, der es bisher vor allen Gefahren beschützt hatte.

Das nordische Meer war reich an Schätzen; das Wasser so klar wie ein wolkenloser Himmel und die Bewohner lebten in Frieden miteinander. Die Völker des Ost-, West- und Südmeeres schauten neidisch auf die Gemeinschaft des Nordmeeres. Ihre Herrscher waren vor langer Zeit von einer bösartigen Hexe mit einem Fluch belegt worden. Seitdem litt das Meeresvolk unter der Macht der verhexten Könige.

Den Nordmeerbewohnern war es darum strengstens untersagt, die anderen Meeresbereiche zu betreten; zu groß war die Gefahr eines Angriffs durch die Wachen. Mit diesem Verbot lebte das Volk indes sehr gut. Es war glücklich mit dem, was es hatte und es fehlte ihm an nichts.

Allerdings hütete der Herrscher des Nordens ein Geheimnis: Tief im Ozean, in einer Höhle im Meeresboden, hielt er die bösartige Meereshexe gefangen, die die anderen Könige verwünscht hatte.

Nur die Steine der Meereshöhle verhinderten die Kraft des Zaubers. Deshalb wurde sie bewacht, um das Königreich und alle Bewohner des nördlichen Meeres zu schützen. Der Kräuterhexe des Nordmeeres war es bisher nicht gelungen, die Verwünschungen der bösartigen Hexe aufzulösen. Kein Gegenzauber schien zu helfen.

Eines Tages gelang es der garstigen Zauberin jedoch durch eine List, den Wachen zu entkommen. Zornig über die Gefangenschaft schwor sie Rache und schwamm direkt zum Wasserpalast des Nixenkönigs.

∗ ∗ ∗

Als die kleine Nixe wie jeden Morgen ihren Vater in seinen Gemächern begrüßen wollte, schwebte bereits die gesamte Dienerschaft um das Algenbett des Königs.

Sie weinten und jammerten, denn der Herrscher des Nordmeeres lag bewegungslos, mit starren Augen, auf dem Lager. Die kleine Nixe erschrak und rüttelte an den regungslosen Armen.

»Vater, wach bitte auf«, schluchzte sie. Doch vergebens. Er rührte sich nicht. »Ist er tot?«, flüsterte sie mit tränenerstickter Stimme.

»Nein, liebes Kind. Die böse Zauberin hat ihm das Gift der blauen Meeresmuräne in das Frühstück gemischt«, antwortete die Kräuterhexe. »Zum Glück konnten die Palastwachen sie erneut gefangen nehmen und wegsperren.«

Hoffnungsvoll schaute die kleine Nixe zu ihr auf. »Du hast doch bestimmt Kräuter, die ihn wieder heilen? Komm, lass uns sofort in deine

Höhle schwimmen und du mixt ihm einen Zaubertrank.«

Aber die Kräuterhexe schüttelte bekümmert den Kopf. »Bedauerlicherweise fehlen mir die passenden Pflanzen dazu. Sie wachsen nicht in dem Kräutergarten des Nordmeeres. Das Wasser ist hier zu kalt, und mein Vorrat ist leider aufgebraucht.«

Der kleinen Nixe liefen die Tränen über die Wangen. »Wo gibt es denn diese Kräuter? Ich könnte hinschwimmen und sie dir besorgen.«

Die Hexe erschrak zutiefst und schaute die Königstochter mit weit aufgerissenen Augen an. »Der Zaubertee besteht aus drei Pflanzen.« Die Kräuterhexe schlug das dicke Buch der Zauberkräuter auf und zeigte auf die Bilder.

»Jede von ihnen wächst in einem anderen Kräutergarten der Meere. Es ist viel zu gefährlich, dorthin zu schwimmen. Wie du weißt, wurden die drei Königreiche vor langer Zeit verhext und dein Vater hat uns verboten, sie zu betreten.«

Die Hexe seufzte, legte das Zauberbuch zur Seite und beugte sich sorgenvoll zu dem vergifteten König hinab. »Ich werde einen Entgiftungstee brauen, um die Wirkung des Giftes abzuschwächen, mehr kann ich leider nicht bewirken. Willst du mitkommen und mir helfen?«, fragte sie und drehte sich um.

Doch die kleine Nixe war verschwunden, ebenso das dicke Buch der Zauberkräuter.

»O nein«, rief die Kräuterhexe. »Haltet sie auf!«

Aber die jüngste Tochter kannte alle geheimen Gänge des Palastes und geschwind schwamm sie bereits ins offene Meer hinaus.

**N**ach einer Weile hielt sie an und ruhte sich erschöpft auf einem Algenteppich aus. Die Flucht war geglückt.

Doch was nun? Sie wusste zwar aus der Nixenschule, wo das Süd-, Ost- und Westmeer lag, aber wie sollte sie dort die Kräutergärten aufstöbern?

Seufzend schlug sie das Buch auf und betrachtete die erforderlichen Pflanzen. Sie musste einen Weg finden, die Kräuter zu holen, damit ihr lieber Vater, der König des Nordmeeres, wieder geheilt wurde.

Plötzlich hatte sie eine Idee. Ihr Freund, der Delfin, konnte ihr vermutlich helfen. Er war bereits sehr alt und hatte auf seinen langen Wanderungen auch die anderen Meere durchschwommen. Sicherlich wusste er, wo die Kräutergärten angelegt waren.

Aufgeregt hüpfte die kleine Nixe auf und ab und stieß einen schrillen Pfiff aus. Kurz danach schoss ihr Freund wie ein Pfeil durchs Wasser auf sie zu.

»Du hast mich gerufen, meine Freundin?«

»Lieber Delfin, mein Vater ist von der bösartigen Hexe vergiftet worden und ich muss die Kräuter für den Zaubertrank aus den Gärten der anderen Meere holen. Weißt du, wie ich sie finde?«, fragte sie ungeduldig.

Ihr Freund musterte sie prüfend. »Ich habe bereits von dem Unglück gehört, jedoch kann mir nicht vorstellen, dass man dich ohne Begleitung losgeschickt hat, um in die gefährlichen Ozeane zu schwimmen.«

Die kleine Nixe sah schuldbewusst auf den

Meeresboden. »Das stimmt, lieber Delfin. Aber die Kräuterhexe braucht diese Pflanzen für den Zaubertrank. Deshalb nahm ich das Pflanzenbuch und schwamm so schnell ich konnte davon.« Bittend schaute sie den Freund an. »Sagst du mir bitte, wie ich die Kräutergärten finde?«

»Na gut«, entgegnete er und lächelte sanft. »Ich kann verstehen, dass du dem König helfen möchtest, aber du darfst auf keinen Fall alleine dorthin. Ich werde dich begleiten, dir den Weg zeigen und dich beschützen. Ich kenne alle geheimen Pfade, auf denen wir unbemerkt an den königlichen Wachen vorbeikommen.«

»Ach, du lieber Delfin«, jauchzte die kleine Nixe überglücklich. »Zusammen passiert uns nichts, und ich kann Vater retten.«

\* \* \*

So machten sich die beiden auf und gelangten nach einiger Zeit wohlbehalten an die Eingangspforte des Kräutergartens im Ostmeer.

Nun war der jungen Nixe doch ein klein wenig ängstlich zumute und sie klopfte zaghaft an die Tür. Nichts geschah. Unsicher schaute sie ihren Freund an.

»Du musst etwas lauter klopfen, damit man es auch hört«, forderte er sie auf.

Daraufhin nahm sie allen Mut zusammen und klopfte abermals, diesmal energischer, an die Tür. Trotzdem zuckte sie unwillkürlich zurück, als die Pforte aufgerissen wurde und eine uralte Kräuterhexe einen warzigen Kopf hinausstreckte.

»Was willst du?«, fragte die Alte mit krächzender Stimme.

Rasch holte die Nixe das dicke Kräuterbuch hervor und zeigte ihr die Kräuter. »Ich brauche diese Pflanze aus deinem Kräutergarten, damit mein Vater, der König des Nordmeeres, wieder gesund wird.«

Argwöhnisch beäugte die Kräuterhexe die Besucher und schaute kurz in das geöffnete Buch. »Du bist die jüngste Tochter des Nordkönigs. Ich habe bereits von der Vergiftung gehört. Die Pflanze, die du brauchst, ist außerordentlich wertvoll. Was gibst du mir dafür?« Die

Alte kicherte hinterlistig.

Die kleine Nixe erschrak. Sie hatte gar nicht darüber nachgedacht, dass sie die Kräuterhexe bezahlen musste. »Liebe Hexe, ich trage nichts bei mir, was ich dir überlassen könnte«, sagte sie betrübt.

»Doch, das hast du. Nixenhaare sind äußerst begehrt. Gib sie mir und du sollst die Pflanze bekommen«, erwiderte sie.

Erleichtert hüpfte die kleine Nixe auf und ab. »Die gebe ich dir gerne, damit mein Vater wieder gesund wird.«

Die Hexe holte die Schere, schnitt die bildhübschen, langen Haare der Königstochter ab und drückte ihr einen Beutel mit der Heilpflanze in die Hand.

»Danke sehr.« Die kleine Nixe strahlte.

»Viel Glück, mein Kind«, rief die Alte den beiden hinterher und lächelte vergnügt. Doch die waren bereits eiligst davon geschwommen.

Nach einer Weile klopfte die kleine Nixe an die Eingangspforte des Südmeeres. Beklommen starrte sie auf den Kräuterbeutel in der Hand. Womit sollte sie die Pflanzen bezahlen? Sie hatte doch nichts dabei?

Auch hier streckte eine uralte Kräuterhexe einen verwitterten Kopf zur Tür heraus. »Was willst du?«, fragte ebenso diese Alte mit krächzender Stimme.

Rasch holte die kleine Nixe erneut das dicke Kräuterbuch hervor und zeigte ihr die Kräuter. »Ich brauche ebendiese Pflanze aus deinem Kräutergarten, damit mein Vater, der König des Nordmeeres, wieder gesund wird.«

Argwöhnisch beäugte auch die Kräuterhexe des Südmeeres die Besucher und schaute kurz in das geöffnete Buch. »Du bist die jüngste Tochter des Nordkönigs. Ich erkenne dich, obwohl du deine Haare abgeschnitten hast. Ich hörte bereits von der Vergiftung. Die Pflanze, die du brauchst, ist außerordentlich wertvoll. Was gibst du mir dafür?« Die Alte kicherte hinterhältig.

Die kleine Nixe jammerte. »Liebe Hexe, ich

trage nichts bei mir, was ich dir geben könnte«, sagte sie unglücklich.

»Doch, dass hast du. Dein Gesang ist liebreizend. Gib mir deine Singstimme und du sollst die Pflanze bekommen«, erwiderte sie.

Erleichtert hüpfte die Königstochter abermals auf und ab. »Die gebe ich dir gerne, damit mein Vater wieder gesund wird.«

Die Kräuterhexe murmelte einen Zauberspruch und drückte ihr einen Beutel mit der Heilpflanze in die Hand.

»Danke sehr.« Die kleine Nixe strahlte.

Nach einer Weile klopfte sie an die Eingangspforte des Westmeeres. Wie in den Kräutergärten zuvor streckte eine uralte Kräuterhexe den Kopf zur Tür hinaus. »Was willst du?«, fragte auch diese Alte mit krächzender Stimme.

Erneut holte die kleine Nixe das dicke Kräuterbuch hervor und zeigte ihr die Kräuter. »Ich brauche ebendiese Pflanze aus deinem Kräutergarten, damit mein Vater, der König des Nordmeeres, wieder gesund wird.«

Argwöhnisch beäugte die Kräuterhexe die Besucher und schaute ebenfalls in das geöffnete Buch. »Du bist die jüngste Tochter des Nordkönigs. Ich habe bereits von der Vergiftung gehört. Die Pflanze, die du brauchst, ist außerordentlich wertvoll. Was gibst du mir dafür?« Die Alte kicherte.

»Liebe Hexe, ich gebe dir, was du möchtest.«

»Dann will ich deine Schönheit und du bekommst stattdessen die Kräuter«, erwiderte sie.

»Die gebe ich dir gerne, damit mein Vater wieder gesund wird.«

Die Kräuterhexe murmelte einen Zauberspruch und drückte ihr einen Beutel mit der Heilpflanze in die Hand.

»Danke sehr.« Die Königstochter strahlte. »Nun habe ich alle Pflanzenteile beisammen«, jubelte sie vor Freude.

Zurück im Nordmeer stürmte die kleine Nixe sofort in die Höhle der Kräuterhexe. »Hier sind die Pflanzen, die du für den Zaubertrank brauchst. Jetzt musst du nur noch den Kräutertee brauen und ich gebe ihn dem König«, rief sie glücklich.

Die Kräuterhexe erschrak jedoch beim Anblick der kleinen Nixe. »Wie ich sehe, hast du einen hohen Preis für die Kräuter bezahlt.«

»Ach, das ist nicht so schlimm. Hauptsache, Vater geht es bald wieder besser.«

Mit Tränen in den Augen strich die Hexe ihr über das kurze Haar. »Du hast für den König aus Liebe viel gegeben. Du wirst sehen, ein liebevolles Herz wird reichlich belohnt. Und nun schwimm rasch zu deinen Schwestern, sie haben sich große Sorgen um dich gemacht. Ich bereite den Tee zu und bringe ihn deinem Vater.«

**U**nd so geschah es, dass der König des Nordmeeres durch den Zaubertrank seine Gesundheit wiedererlangte.

Aber nicht nur das: Weil die kleine Nixe so mutig handelte und die Haare, den Gesang und die Schönheit freudig für das Leben des Vaters eingetauscht hatte, brachen sämtliche Verwünschungen und Zauberbanne der bösartigen Hexe für alle Zeiten.

Nach und nach wuchsen die Haare der kleinen Nixe erneut, ihr Gesang kam zurück und sie wurde bezaubernder als je zuvor.

Die Könige des Ost-, Süd- und Westmeeres regierten die Völker von nun an mit viel Liebe und die Bewohner aller Meere lebten in Frieden miteinander.

# Symphonie
# der Jahreszeiten

# Herbstgestöber

Der Herbst ist aufgeregt.

Heute ist sein erster Arbeitstag bei den Jahreszeiten, und der Sommer hat sich gerade von ihm verabschiedet mit den Worten: »Gib dein Bestes und erfreue die Menschheit mit deiner Anwesenheit.«

Der Herbst seufzt. »Die Menschen lieben den Sommer. Hoffentlich werde ich auch alle glücklich machen, so wie er.«

Fleißig und gewissenhaft macht sich der Herbst an die Arbeit. Unermüdlich bläst er den Wind durch die Baumkronen, über die Felder und Straßen der Städte, schickt düstere Regenwolken hinterher, peitscht den Regen durch die Gassen und verdunkelt die Sonne. Nebel und Kälte breiten sich aus.

Der Herbst jubelt und freut sich über sein vollbrachtes Werk.

Doch dann beobachtet er, wie die Menschen Unterschlupf suchen, in die Häuser zurücklaufen und die Natur meiden. Sie ziehen mürrische Gesichter, schleichen mit gesenkten Köpfen, die Hände tief in den Jackentaschen vergraben, durch die Straßen und schimpfen auf das Wetter.

Der Herbst ist traurig über die Reaktionen und zutiefst verletzt. »Wieso mag mich denn keiner? Was mache ich falsch? Ich gebe mir doch so große Mühe.«

Unglücklich sucht er Rat bei seinen Arbeitskollegen, den anderen Jahreszeiten.

Der Sommer mahnt: »Die Menschen lieben die Sonne und das Licht. Schenke ihnen Wärme.«

»Sie mögen auch die Vielfalt der Farben. Bei mir wird gesät, bei dir kann geerntet werden«, antwortet der Frühling.

Der Winter brummt: »Ich gebe den Menschen Romantik mit dem weißen Mantel aus Schnee und dem Gefühl der Weihnacht.«

Der Herbst bedankt sich überschwänglich für

die Tipps der Jahreszeiten und überlegt fieberhaft, wie er sie zur Freude der Menschheit anwenden kann.

Zuerst schiebt er die verdunkelnden Regenwolken zur Seite, damit die Strahlen der Sonne wärmen können.

Dann färbt er die Blätter der Bäume in unterschiedliche Gelb- und Rottöne und bläst etwas Wind hinein, sodass sie sanft zur Erde gleiten und lustig durcheinanderwirbeln.

Auch Kastanien, Eicheln und Nüsse werden abgeworfen und vermischen sich mit den Blätterbergen am Boden.

Zum Schluss umhüllt er das Licht der Sonne mit einem gedämpften Leuchten.

Unsicher schaut der Herbst auf das neue Werk herab. »Wird die Menschheit mich jetzt auch genauso mögen wie die anderen?«

Gespannt und hoffnungsvoll beobachtet er erneut die Reaktionen und ist freudig überrascht. Die Menschen kommen wieder aus den Häusern hervor und bestaunen glücklich die Farbenpracht der Wälder.

Kinder springen fröhlich jauchzend durch das raschelnde Laub und sammeln eifrig Kastanien und Bucheckern, die sie in die Taschen ihrer Jacken stecken.

Verliebte Paare schlendern umher und genießen den Anblick der Natur, die in ein goldenes Licht getaucht ist.

Der Herbst seufzt erleichtert auf und strahlt. »Ich habe wohl jetzt alles richtig gemacht. Sie lieben mich hoffentlich genauso wie den Sommer, den Winter und den Frühling.«

# Winterzauber

Der Herbst ist glücklich.

Stolz schaut er auf sein Werk hinab. Nach anfänglichen Schwierigkeiten hat er die erste Saison als Mitarbeiter bei den Jahreszeiten sehr gut gemeistert. Die Menschen lieben ihn jetzt genauso wie den Sommer, Winter und Frühling.

Die Zeit verfliegt im Nu. Die Bäume werfen ihre letzten Blätter ab, die Früchte der Felder werden geerntet und ein dunstiger Nebelschleier senkt sich auf die Erde herab. Die Sonne versteckt sich hinter einer düsteren Wolkenschicht, kommt spät zum Vorschein und geht viel zu früh.

Einige Tiere flüchten vor der eisigen Kälte in den wärmeren Süden, andere sammeln Futtervorräte oder begeben sich in den Winterschlaf. Die Zeit des Herbstes ist vorüber. Freudig wartet er auf die Ankunft des Winters, um in den wohlverdienten Feierabend zu gehen.

Doch der Winter kommt nicht.

Besorgt beobachtet der Herbst die Menschheit, spürt die aufkommende Unzufriedenheit.

Wie damals, zu Beginn seiner Tätigkeit bei den Jahreszeiten, meiden die Menschen die Natur, verstecken sich in den Häusern. Sie ziehen erneut mürrische Gesichter, schleichen mit gesenkten Köpfen umher, die Hände tief in den Manteltaschen vergraben und schimpfen auf das Wetter.

*Wo ist der Winter? Die Menschen warten sehnsüchtig auf ihn. Bald ist Weihnachten.*

Verzweifelt über die Abwesenheit des Winters sucht er Hilfe bei den anderen Kollegen. Aufgeregt schildert er die Situation, beschreibt die Unzufriedenheit der Menschen.

Der Frühling schnauft entrüstet: »Unerhört! Das sollte man ihm nicht durchgehen lassen. Unpünktlich zur Arbeit zu erscheinen, wo gibt es denn so was?«

»Du bist noch nicht so lange dabei wie ich«,

antwortet der Sommer und seufzt unglücklich. »In letzter Zeit höre ich immer wieder von beunruhigenden Ereignissen auf der Welt: Überschwemmungen, Hitzeperioden und fürchterliche Wirbelstürme treiben vermehrt ihr Unwesen. Alles scheint durcheinanderzulaufen. Von dem einen zu viel, von dem anderen zu wenig. Jeder macht, was er will.«

»Aber so geht das doch nicht. Jeder muss sich an die Regeln halten, sonst endet noch alles in einem riesengroßen Chaos«, ruft der Herbst aufgebracht.

Liebevoll schaut der Sommer ihn an: »Da hast du vollkommen recht. Deshalb suchen wir jetzt gemeinsam den Winter, und ich werde ihn zurechtweisen und abmahnen. Das Wohl der Menschheit steht für uns an erster Stelle.« Nachdenklich fügte er hinzu: »Schließlich ist bald Weihnachten und der weiße Mantel aus Schnee gehört nun einmal dazu.«

Nach einiger Zeit des Suchens finden die drei ihn schlafend in einer Höhle.

»Wach auf, lieber Winter, die Menschen warten ungeduldig auf den ersten Schnee«, ruft der Herbst und schüttelt den Arbeitskollegen kräftig.

Mühsam erhebt sich der Winter von seinem Lager, und der Sommer hält ihm eine gehörige Standpauke. »Entschuldigung, das soll nicht wieder vorkommen«, flüstert der Winter reumütig und begibt sich geschwind an die Arbeit.

Dicke Schneeflocken rieseln lautlos durch die sternenklare Nacht auf die Erde herab, bedecken die Häuser, Straßen, Wiesen und Wälder mit einer dichten Schicht aus Puderzuckerschnee.

Überglücklich beobachtet der Herbst die Reaktionen der Menschen. Sie kommen wieder aus ihren Häusern hervor, bestaunen freudig die weiße Schneepracht, die in der Sonne glitzert.

Kinder fahren jauchzend mit Schlitten die Hügel hinunter, bauen Schneemänner im Garten und bewerfen sich mit Schneebällen.

Erleichtert bedankt sich der Herbst beim Winter. »Nun machst du die Menschheit wieder glücklich, und ich kann beruhigt in den Feierabend gehen.«

# Frühlingserwachen

Der Frühling ist voller Tatendrang.
Er ist ungeduldig und kann es kaum noch erwarten, endlich mit seiner Arbeit zu beginnen.

Der Winter hat, zwar mit etwas Verspätung, seine Winterpflichten hervorragend erfüllt. Mit dem weißen Mantel aus glitzerndem Schnee hat er, pünktlich zum Fest, den Menschen ein Gefühl der Weihnacht in die Herzen gezaubert.

Am Verhalten der Erdenbewohner bemerkt der Frühling, dass es nun Zeit wird, dass der Winter weicht. Sie schauen erwartungsvoll in ihre Gärten, auf die Kronen der Bäume und über die Felder. Suchen das erste Grün, die ersten Knospen, die Vorboten der Frühlingszeit.

Doch der Winter ist so in seine Arbeit vertieft, dass er gar nicht bemerkt, dass die Menschheit immer unglücklicher wird. Unermüdlich rieseln die Schneeflocken vom Himmel, bläst der eisige Wind durch die Straßen, wird das hervorsprießende Leben mit einer Decke aus Kälte unerbittlich zurückgedrängt.

Vergeblich versucht der Frühling den Winter davon zu überzeugen, dass seine Zeit nun vorbei ist und er in den wohlverdienten Feierabend gehen kann.

»Lass mich in Ruhe. Da ich verspätet mit der Arbeit begonnen habe, muss ich die verlorene Zeit jetzt hinten dranhängen. Das ist mein gutes Recht«, brummt der Winter uneinsichtig und schickt den Frühling fort.

In seiner Verzweiflung weckt dieser den Sommer und klagt ihm sein Leid. »Was soll ich denn nun machen? Der Winter will nicht auf mich hören. Bitte sprich du ein Machtwort mit ihm. Dir wird er gehorchen.«

»Das gibt's doch nicht. Schon wieder dieser Winter. Erst verschläft er und dann weigert er sich zu gehen«, entgegnet der Sommer aufgebracht und eilt mit dem Frühling zum Winter zurück.

»Nichts als Ärger habe ich dieses Jahr mit dir. Ausgerechnet in diesen Zeiten, wo das Wetter

überall macht, was es will«, schimpft er ungehalten. »Ich dachte, wir sind ein gutes Team
und ziehen an einem Strang. Das oberste Ziel
der Jahreszeiten ist es, die Menschheit glücklich zu machen und nicht, unsere eigenen Be-
dürfnisse in den Vordergrund zu stellen«, ermahnt er streng.

Der Winter schaut betroffen auf die Erde hinab
und erkennt die Unzufriedenheit der Menschen, die er durch sein törichtes Verhalten
ausgelöst hat. Er nickt kleinlaut und entschuldigt sich beim Frühling und Sommer. »Ihr habt
recht. Es wird Zeit zu gehen. Die Menschheit
erwartet den Frühling, und den soll sie bekommen.«

»Ich verzeihe dir ein letztes Mal. Sieh zu, dass
das nicht noch einmal vorkommt«, brummt der
Sommer mit einem Augenzwinkern.

Erleichtert verabschiedet sich der Winter in
den wohlverdienten Feierabend.

Der Frühling hingegen erwacht in seiner vollen

Pracht. Die Menschen kommen wieder aus ihren Häusern hervor und bestaunen die ersten Krokusblüten, die sich ihren Weg durch die schmelzende Schneedecke bahnen.

Zarte Knospen sprießen an Bäumen und Sträuchern. Die Luft duftet herrlich nach frischen Blüten und die höher stehende Sonne erwärmt die Herzen der Menschen.

Verliebte Paare gehen Händchen haltend in Parks spazieren, ritzen ihre Namen in die Rinden der Bäume.
Die Kinder spielen Fußball auf den Wiesen und kleine Mädchen pflücken strahlend einen Strauß Blumen.

Der Frühling atmet erleichtert auf.

*Ich denke, die Menschen lieben mich jetzt genauso wie den Herbst, Winter und Sommer.*

# Sommerfreuden

**D**er Frühling betrachtet erfreut sein Werk.

Er hat gute Arbeit geleistet. Die Natur ist zu neuem Leben erwacht, zeigt sich in seiner vollen Pracht. Alles grünt und blüht, wo er auch hinschaut. Die Tiere haben Nachwuchs bekommen und die Gesichter der Menschen strahlen vor Zufriedenheit.

Erleichtert atmet der Frühling auf.

*Die Menschheit liebt mich jetzt genauso wie den Sommer, Herbst und Winter.*

Für den Frühling wird es nun Zeit, sich zu verabschieden.

Doch bevor er in den wohlverdienten Feierabend gehen kann, findet noch die jährliche Jahreszeiten-Besprechung mit den Arbeitskollegen statt.

Als Vorsitzender erhebt der Sommer das Wort: »Wir haben uns hier wie jedes Jahr versammelt, um uns auszutauschen und vorhandene

Probleme zu besprechen. Wie ihr wisst, ist so einiges aufgetreten, was mir nicht gefällt.«

Der Herbst und der Winter schauen schuldbewusst drein.

»Als Erstes möchte ich die hervorragende Arbeit des Frühlings loben«, fährt der Sommer fort. »An dir habe ich überhaupt nichts auszusetzen. Weiter so.«

Der Frühling freut sich über die Anerkennung und das Lob.

Mahnend schaut der Sommer auf die anderen beiden. »Nun zu dir, lieber Herbst. Es war deine erste Saison als Jahreszeit, und nach anfänglichen Einarbeitungsschwierigkeiten hast auch du die Arbeit zufriedenstellend gemeistert. Pass in Zukunft auf, dass du nicht übertreibst. Das mögen die Menschen überhaupt nicht, wie du ja selbst feststellen konntest.«

Der Herbst nickt eifrig.

»Immer alles in Maßen und ausgewogen, das ist unsere Devise«, fügt der Sommer aufmunternd hinzu.

»Nun zu dir, lieber Winter«, tönt er mit erhobener Stimme, sodass der Angesprochene beschämt zusammenzuckt. »Was hast du dir nur bei deinem Verhalten gedacht? Kommst zu spät zur Arbeit und stiehlst dem Frühling kostbare Zeit. So geht das nicht«, tadelt der Sommer. »Jeder hier muss sich an die Regeln halten, die für die jeweiligen Jahreszeiten vorgeschrieben sind. Sonst kommt alles durcheinander«, ermahnt er.

Die anderen Kollegen stimmen eifrig zu.

»Ich werde es in der nächsten Saison besser machen, das verspreche ich dir«, murmelt der Herbst.

Der Winter brummt: »Auch ich werde mich in Zukunft an die Regeln halten.«

Der Sommer lächelt milde. »Ich nehme euch

beim Wort. Wir müssen alle zusammenhalten und uns gegenseitig unterstützen, nicht behindern.

Das oberste Ziel der Jahreszeiten ist es, die Menschheit glücklich zu machen. Jeder von uns ist etwas Besonderes. Die Menschen mögen unsere Vielfalt. Sie lieben den Herbst, den Winter, den Frühling und den Sommer gleichermaßen!«

Die Arbeitskollegen klatschen Beifall und versprechen, ihr Bestes zu geben.

»Und nun raus mit euch! Die Menschen warten sehnsüchtig auf mich und die Freuden des Sommers.«

Wie zu erwarten, beherrscht er sein Handwerk perfekt.

Die Strahlen der Sonne erwärmen die Erde, das Wasser und die Luft. Die Menschen gehen fröhlich durch die Straßen, sitzen im Garten und genießen die Vielfalt der Pflanzen und Tiere.

Kinder springen jubelnd durch die Wellen des Meeres, bauen Sandburgen oder schwimmen und tauchen im See.

Der Sommer strahlt mit den Menschen um die Wette.

*Sie lieben den Sommer vielleicht doch ein kleines bisschen mehr als die anderen Jahreszeiten.*

# Sannah Hinrichs

Die Bestseller-Autorin lebt mit ihrem Mann im Norden Deutschlands. Sie schreibt sowohl gefühlvolle Gedichte und romantische Geschichten als auch märchenhafte Erzählungen.

Im Oktober 2015 wurde ihre Kurzgeschichte »Herbst« im lokalen Wochenendanzeiger publiziert. Dieses Ereignis war der Anlass für ihre erste Geschichten-Sammlung.

Märchen für Kinder liegen ihr besonders am Herzen. Mit der Veröffentlichung des Märchen-Bilderbuches »Die kleine Nixe und die Kräuterhexen« ging ein Traum für sie in Erfüllung.

Als Expertin für Grafiksoftware entwirft und veröffentlicht sie mittlerweile auch eigene Malbücher.

Weitere Infos unter:
www.sannah-hinrichs.de

# Bisher erschienen:

MÄRCHEN-BILDERBÜCHER
- Die kleine Nixe und die Kräuterhexen
- Das Tal der Einhörner

KURZGESCHICHTE
- Schneeküsse in New York

MALBÜCHER

*Bezaubernde Mandalas*
- Winter-Weihnachten
- Winter-Weihnachten 2
- Frühling-Ostern
- Meer und Sand
- Tiere in Afrika
- Auf dem Bauernhof

*Bezaubernde Ausmalbilder Malen nach Zahlen*
- Magische Einhörner
- Wilde Tiere
- Frühling-Ostern
- Urzeit-Dinos
- Winter-Weihnachten

*Klassik Art Malbuch für Erwachsene und Kinder ab 8 Jahren*
- Wilde Tiere
- Katzen und Hunde
- Dinosaurier
- Katzen und Hunde 2
- Pferde
- Blumen

*Mandala Art Malbuch für Erwachsene und Kinder ab 8 Jahren*
- Länder
- Wilde Tiere
- Mandalas
- Mandalas 2
- Berühmte Bauwerke

*Mandala Sammelband 50 Mandala Motive zum Ausmalen*
- Mandalas
- Wilde Tiere
- Liebe
- Winter-Weihnachten
- Frühling-Ostern

*Klassik Sammelband 50 Klassik Motive zum Ausmalen*
- Winter-Weihnachten
- Bunte Glasbilder